22年的故事讲完了

乔维里 著

人民文学出版社

图书在版编目(CIP)数据

22年的故事讲完了/乔维里著.—北京：人民文学出版社，2017
ISBN 978-7-02-013322-2

Ⅰ.①2… Ⅱ.①乔… Ⅲ.①短篇小说—小说集—中国—当代 Ⅳ.①I247.7

中国版本图书馆CIP数据核字(2017)第213422号

责任编辑　徐子茼
责任印制　王重艺

出版发行　人民文学出版社
社　　址　北京市朝内大街166号
邮政编码　100705
网　　址　http://www.rw-cn.com

印　　刷　三河市鑫金马印装有限公司
经　　销　全国新华书店等

字　　数　182千字
开　　本　880毫米×1230毫米　1/32
印　　张　10.625
版　　次　2018年7月北京第1版
印　　次　2018年7月第1次印刷

书　　号　978-7-02-013322-2
定　　价　39.00元

如有印装质量问题，请与本社图书销售中心调换。电话：010-65233595

我写故事，也有七年了。
有些事情并不热血，也并不需要人知晓。
甚至自己都没有意识到，就这么一直一直
地继续下去了。从具体的行为来看，
我只是想简单地，一直一直写下去……
不说会被时代所忧虑，但或起码，
也可以记录一个时代吧。

乔大王

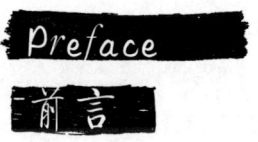

写在 2016 年大暑的那一天。

小时候我一直以为自己是巨蟹座，顾家，多愁善感。圣斗士里毫无存在感的迪斯马斯克，他是冥界的蟹子，在动画片里动不动就请来一堆难闻的死尸在紫龙周围荡啊荡，后来被庐山升龙霸送回老家。

这样一点都不酷。

所以我小时候一直拒绝跟别人提自己的生日。我觉得生日，是小小的我所能拥有的最大的秘密——7月23号，大暑。摇曳的电风扇，聒噪的哭声，刺鼻的医院病房的味道。顾家，多愁善感，一集就领盒饭去了的黄金圣斗士迪斯马斯克。

好像是初中的某一天，我从同桌的星座卡上发现——什么？我原来不是巨蟹座的最后一天，而是狮子座的第一天？！

这给少年的我一个巨大无比的打击，我开始有点怀疑人生。

多愁善感还是霸气外露？

我问同桌，同桌也是一脸蒙，"大概……改版了？"

我说，这也可以改版啊？

后来我又翻了翻其他的星座分布，又上网查，终于确定自己的确是狮子座。

嗯……

不错，艾欧里亚比迪斯马斯克好。正派，狮子头，光速拳，会经常出来跑龙套，黄金铠甲很硬，似乎抖一抖就有呼哧呼哧的正气往外冒。比起迪斯马斯克这种既不可爱又不迷人的反派，强太多太多了。

OK，fine。我就当一个狮子座吧。于是十三四岁时候的我告诉自己，要变得自信，变得霸气外露，变得具有领导力，变得强强强王中王。因为我是狮子座啊！

不过可悲的是，我完全没有变成狮子座的模样，这有赖于一个人的心理暗示与童年的性格养成，我在潜意识里还是一个多愁善感的巨蟹座。

顾不顾家，目前我还不知道。

我第一次正式动笔写东西，是十五六岁的时候。那时并没有什么特别的念想，也没有想写给谁看的冲动，甚至写完故事的小纸头，我自己也给随手扔掉无处去找。但奇怪的是，我脑子里总有一段一段的故事，一句一句的台词。

我写过一个男的，躺在海滩上昏死过去，被一个女的救走。男的失忆了，醒来之后蒙了。女的说："这里以后就是你自己家啦，我就是你的女人，我们过日子吧么么哒。"男的表示OK，fine。然后冬天来了，男的得了一种怪病，身上不停地长毛，掉毛，长毛，掉毛……最后他俩更加惊奇地发现……男的竟然是只鸟。女的捂着脸指着男人，"啊啊啊，你这鸟人！"

男的捂着脸仰面朝天，"啊啊啊，我这鸟人！"
然后女人的妈妈出来，笑得一脸奸样，她端着来复枪"嘭"的一声把男人崩了，然后跟自己的女儿说，"哈哈哈，小宝贝，你还不知道吧？妈妈是个猎人，谢谢你替妈妈照顾猎物。冬天来啦，又到了狩猎的季节。"

我把这个故事的小纸头拿给发小乔看的时候，她简直惊呆了，她说你整天在想什么？不过"小纸头"真的是小纸头，一张 16 开的作业纸，我对折，再对折，再再对折，撕成做小抄纸的大小，在上面用很细小的苍蝇字，把我的故事写下。

为什么要这样做？

我也说不清楚。

大概因为不自信，大概因为字挤在一起会显得有安全感，同样有安全感的是我都在自己的指缝间，写下这些故事。还大概是因为，这样做就好像守住一个秘密。

总之从小纸头开始，我就一直不停不停地写了。写过的东西太多，我还用几百字描述过一个被吃干净然后丢在垃圾桶旁边的辣条包，我说"它多可怜啊，身体都被掏空了"。

这些故事大多都没有读者，有的话，我的发小算一个。有些故事是我在音乐课或者美术课上写的，写完之后我就随手夹进书里，这种书高中时候都是放在音乐教室共用的。有一天我出课间操的时候，神奇地在自己脚下看到了我故事的一块碎片，一块小纸头，上面在写一个将军搂着自己的头盔哭泣，城墙下是鲜红的血和鲜红衣服的姑娘。然而将军不知道，这姑娘其实是一把琴。

后来大学开始，电子产品充斥着我的生活和视野，我开始在各种平台上写文字写故事。
有人问我你想当作家吗？
我说我不知道啊。
他说你别装了。

我说我真不知道啊。我都不知道我干吗花这么多睡觉、吃饭、看电影、撩妹、看球的时间，来不停写啊写。之前我在知乎上，有一篇很火爆的文章，谈了爆裂鼓手，谈了作为温水里的青蛙，我是何等羡慕有炽烈感情的人。后来我也发现，我的确也有炽烈的情感啊，只是我并不知道它是炽烈的。

这么算下来，我写故事，也有七年了。
有些事情并不热血，也并不需要人知道，甚至自己都没有意识到，就这么一直一直地继续下去了。
无意识的，在潜意识里的。

之后我才慢慢懂得一句话的含意，"我们所度过的每一个云淡风轻的日常，之后看来，都是连续发生的奇迹。"七年前还在小纸头上写鸟人写将军的我，根本无法想象，我会不停不停地写，而且还将继续下去。

前两年我经历了一段很糟心的日子，甚至"能够活着"都是一种被自己夸大的奢求。我变得无法平静，无论家人朋友如何劝阻，我这个人就是拗得很。但在那样糟心的日子里，我还是有一小部分时间可以让自己平静下来，那就是在手机上打字的时候。

我买了一个特贵的本子和特贵的铅笔，买了本《史记》，买了本《东周列国志》，每天就在那个黑本子上，把历史用我自己的语言洋洋洒洒地写一遍。写的时候，我无法体会到自己的幸福，只是觉得时间过得好快；写完之后，我又回到自己不幸又糟心的生活中。

于是我在封面上用铅笔给自己写下几句话，说希望自己能记录现在的时代，或者某个时代；然后，再被这个时代给记住。

每个中二少年，都有最膨胀的梦想，膨胀意味着动态，它随着时间也好经历也好在不断变大。我守护着梦想像守护着秘密一样，从小时候的生日到现在，一个连自己都说不清道不明的目标。从具体的行为上来看，我只是想简单地，一直一直写下去而已。不一定会被时代所记录，但最起码，自己可以记录一个时代吧。

就好像扛着大刀的屠龙少年，扛得了刀不一定找得到龙，找得到龙不一定能劈得死它，劈得死它也不一定会有城堡里的公主来拥抱你。这些都是不一定的,而且这些都是屠龙少年一开始就知道的。但他还是会义无反顾,他也一定会义无反顾。因为除此之外他无事可做,这不一定是他活着的意义,但却是他活着的本能。

无论他是金光闪闪的狮子,还是多愁善感的蟹子。他永远都有最强大的一面,来呵护自己最狭小的一片温存。他告诉自己从今以后就坚定如铁吧,说不定还能跟将要被劈头的恶龙,做朋友呢。

Chapter One
故事

顾念杉	2
好久不见	10
炸了那个碉堡	30
我的大学生活	46
刘璃璀璨	58
金鱼店的老板娘	69
荔枝	81
唱给下一个地方听	92
可乐，赵可乐	102
这该死的假记忆	114
青蛙不在温水里	123
游戏里的大哥	132

Chapter Two
故人

《爆裂鼓手》	150
你不知道的事	158
想活出的样子	164
我可能是个画家	170
游乐场的记忆	176
王校	185
乔，维里	190
终有一天会死去	197
点到即止	202
离开 ed	207
哪里是我的家	213
招生办四点关门	221
人嘛，谁还不缺点什么	231
思维的局限性	242
假装自己并不寂寞	249

Chapter Three
段子

装×遭雷劈	256
老林寻儿记	265
亲吻小满	272
自作多情	281
亲戚	289
她住长江尾	296
熊孩子	303
临危不乱	309
给满上	317

Chapter One
故事

我羡慕所有炽烈情感，但它们不属于我。
我曾经一度也想当这样的人。
其实不是所谓的"长得好看的人才有青春"，而是拥有炽烈感情的人，才有青春。

顾念杉

顾念杉。

这是我经办的一个客户的名字。

我是一个刚毕业的银行小柜员,年关将至,银行里人满为患,而且慢慢变成以老年客户群为主。他们大多是来取些数额并不多的钱,退休工资、养老金、尊老金,有的还有抚恤金。在他们眼里,银行甚至为他们经办的工作人员都能够决定他们一年到头能拿多少钱,银行能清晰地记得他们去年的明细,能清楚地看见他们忘记的密码……

几天,几千单业务下来,不耐烦的情绪是会有的。那天下午两点多,营业间里的空调吹得我有点窒息,手上全是钱的味道,细菌让我没空喝水而且不敢揉鼻子。我在不停地、机械地迎来送往,那个时候在我的意识里,客户已经慢慢地变成同一化的群体,没有任何细分差别。厅堂里有小孩的哭声,有VIP的吵闹声,有外地务工人员的叹息困惑声。

我下一个号又叫来一位老年客户,我开始机械地微笑,举手,你好,请坐,请问要办什么业务。老太太给我塞了张纸,抬头是××街道办事处便笺纸,上面写了一个卡号。

"您是取钱吗?还是存钱?"老太太很努力地摇头说,她要拿我手里的这张卡。我循着她的话跟她慢慢沟通才大概了解,这是街道写给她的一个卡号,里面放着国家发给她的一些补贴金。可是老太太说这张卡并不在她手里,她没见过这张卡,更别提记不记得密码。

我说:"那您要挂失,要身份证。"
老太太点头说好。然后她从拿着的蓝布包里掏出来两张身份证,一张是她本人的，姓顾；另一张是一个中年女子，可身份证照片目光呆滞，表情怪异，很不正常，名字就是我开头提到的"顾念杉"。

我查了下卡号，果然那个卡号是顾念杉的。
我开始皱眉，我说："奶奶，挂失要本人过来。"
老太太说她本人来不了。
我说但这个业务必须本人才能办。
以上的对话可以说是柜员的日常。

然后老太太又从蓝布包里掏出来一本残疾人证，给我，说顾念杉是她女儿，三十九了，从小就是残疾人，监护人是她。我翻开残疾人证，里面有另一张顾念杉的照片，厚重微张的嘴唇，凌乱的头发与呆滞的眼神，一个笨重的眼镜架在鼻梁上。监护人的确是这位奶奶的名字。

我叫主管来帮我看一看，主管说这种情况还是不可以，因为这本虽然是残疾人证，可只是写着视力残疾，视力残疾还是有行为能力的。

老太太赶忙说道，这是她女儿的第二本残疾人证，之前还有一本，是智力残疾，在家里没带过来，因为那本子上的监护人是她先生，先生在她女儿出生没几个月就死了，开了第二张残疾证之后，第一张也就一直没有进行过监护人变更。

业务进行到这里，耗时已经十几分钟，后面早就有些客户在叽叽喳喳大呼小叫，有的催我办快一点，有的催那位老奶奶，说不办就赶紧回家。有的客户举着金卡、白金卡说耽误他的理财赎回能承担得起吗？

老太太就一边指着残疾证跟我们交流，一边每隔几分钟就转头对大厅里大呼小叫的客户说抱歉，说对不起，说谢谢你们了。

主管打了电话之后说，还是有些为难，最好还是提供一下智力残疾的证明，老太太说回去拿第一本残疾证和住院通知。
我说可以让大堂经理帮您拿一个预约号，老太太说不用了，家离得还挺远。

等到下午接近四点的时候，老太太又出现在银行大厅。我一边办业务，一边留神着她。大厅经理姐姐给她取号，她在摆手，没把号码纸接过去。然后她就抱着怀里的布包，坐在大厅最边角的一个凳子上，也不言语，也不取号。

最让人在意的是她的眼神，根本没有丝毫的恐惧、可怜、幽怨、疲倦、愤怒……这些我们所能想到的，一生惨遭厄运且生活在社会底层的人所可能会有的眼神。
老太太都没有。

丝毫没有。
她眼里只有一种很执拗的坚毅。
那种一定要办成某种事情的坚毅。
材料不够，再回去拿，这里办不成，再去那里，人太多，那就耐心地等。

我不知道老太太是从什么时候开始带着这种坚毅的眼神为自己智力残障的女儿、为了她们两个人的家开始奔波各种事情，带女儿去医院，带女儿办残疾证开各种证明，换身份证，领补贴，去社区翻文件，等等等等。

下午五点银行大厅关门，五点半我们前台办完最后一个客户的业务，老太太终于起身，又走到我的柜台，问我还可以给她办个挂失吗？
我说：“可以可以，您请坐吧。”

然后她把女儿之前因为精神问题住院、出院，大大小小的医院单据都拿给我看。每一张纸都代表着老太太的一次奔波，我不知道她女儿成长的三十九年来，她有过多少次执拗的坚毅的经历，在我一个完全不了解其中内情的外人看来，每一次住院和奔波都是一次心力交瘁。

老太太说着又掏出来另一本残疾证，更旧更破，说你们要是觉得有用也拿去复印一下吧。我翻开之后，看到监护人的名字叫"莫杉"，而顾念杉却叫"莫念杉"。不过身份证号码是一样的，证明是同一个人。

我想我大概明白"顾念杉"这个名字的含义了。我一边办业务一边问老太太："您女儿以前姓莫吧？跟着莫先生姓？"

老太太眼神里有些温情了，说这名字是她先生取的。女儿出生没几天，先生就被查出绝症，于是先生给女儿取名叫，莫念杉。意思应该是，莫要再想念我。可是老太太又把名字改成了"顾念杉"。

老太太是 1934 年生的，已经八十二岁了。

我们主管问老太太，她女儿现在是不是还有行为能力。老太太说，好时候是有的，老太太还会带她出门散步聊天，但有时会犯精神病会发狂，最近几年眼睛也不好了。

我不知道每一次在女儿精神病发作时，老太太一边安慰着女儿，一边嘴里一句一句"念杉"的时候，心里在想什么。
我说："您年纪这么大了，在外面跑一天肯定特别累吧？"

老太太说没觉得累，已经习惯了。趁现在还能跑个几年，帮女儿把这些事情都弄弄，以后她走了就真的不知道谁会来照顾女儿。我们有同事安慰她说，现在都有护工，也很认真负责，让她不要这么辛苦。

老太太说不行，她说这些护工连她女儿的名字都不会记住。
"一个智力障碍的精神病人，谁还会管她的名字呢？"
这是老太太的原话，有自嘲也有讥讽。

那天把老太太的业务办完之后，我们整个营业间同事的情绪都有些郁郁的，我问一个刚生孩子没一年的同事，当一个女人怀孕然后生下这个孩子的时候，究竟是为了自己，为了孩子，还是为了一个男人？

同事摇摇头说她不知道，她说她当孕妇的时候都不敢多想，有些事情只管硬着头皮往下做，让时间也闷不吭声地往下走，也就这么过来了。

顾念杉，这个名字大概是让我最惊艳，并且最深有感触的名字了。此情可待成追忆，只顾念杉念故人。

好久不见

朱八说他前两天在我单位门口,看到李媛了。

我一边扒着工作餐,一边把他发来的信息盯着看,不知道你们有没有这样的情况,当你生猛地盯着一个字看的时候,你忽然会觉得自己不认识这字了。

李媛,木子李,女爱媛,谁啊这是?

那天中午的鸡腿,我吃得索然无味。

然后我回朱八信息:"英格兰还是赢了,快把打赌输的钱给爸爸双手奉上。别他妈扯些有的没的，都不顶事儿！"

朱八，李媛，英格兰，还有一些所谓"有的没的"的事情。看起来似乎有很多故事，但也未必，或许几句话也能概括。

例如，朱八是个男的，真球迷，除了球之外还喜欢李媛。李媛是个女的，不喜欢足球也不喜欢朱八。他俩相识那天，朱八穿着英格兰队服，在夕阳下的足球场上撒欢奔跑。李媛戴着耳机牵着自行车，目视前方。忽然有人号叫了一声，李媛吓得一哆嗦，一个从天而降的足球正中她的车篮里。朱八笑着跑过来，抖着英格兰球衣，心里全是李媛的眼。

朱八说他曾经以为英格兰队服是他的必胜球衣，但自从李媛走后，英格兰也沦为如今"欧洲中国队"的模样。

以上两段，百八十个字，如果让朱八来写，大概就是这个故事的全部了。
讲真，朱八文笔极差，他是曾经在高三模拟考的作文方格里画俄罗斯方块的人。
而且还有一点，关于李媛，有些事情是他不知道的。

比如他遇见李媛的那个下午，他甩着英格兰球衣奔向她的时候，恬静姣好的李媛内心是有无数头草泥马在来回撞击，所以她眼神放光。再比如，其实那个时候，我也注意到李媛了。

朱八是我从中学开始玩儿到现在的朋友，姓朱，喜欢穿8号球衣，所以别人都叫他朱八。李媛是个姑娘，外表文静似水，骨子里却是假小子。
我们三人共度过很长一段的高中时光，李媛是语文课代表，朱八总是不及格，而我总是跟朱八打赌，赌李媛明天是扎马尾还是披肩发。

我总赢，坑他一瓶汽水或者什么的。
然而这个赌注是有内幕的。

高二某天上地理课的时候，沉闷的教室里，一排人听课，两排人睡觉，三排人看杂志玩儿游戏。
地理老师忽然慢悠悠地念叨了一句："听说今晚有流星雨呀！"
所有人都把头仰起来，这在地理课上是极不常见的事情。

老师耐心地享受着被注视的快感，接着说："英仙座，明天凌晨，个儿大，量多，极大流量差不多一百二十颗每小时，咱们这个维度，晚上十二点半观察最合适，空旷的地方流光四溢，光线飘扬变幻的感觉，你们没体会过吧？"

大家都蒙了。
地理老师笑得嘴角冒油。
那是 2011 年的 10 月份，是朱八对李媛疯狂追求的第 N 个周期。

朱八上课坐我后面，他捅捅我，"晚上，叫李媛一块去看流星雨啊？"
"你真信呀？不可能看到的。"
"怎么不可能，找个空旷的地方，实验楼顶层的平台就不错。"
"那我也不去，我要睡觉。"
"那我跟李媛去了哦。"
"噢。"

晚自习结束之后，李媛过来找我，说："朱八叫了好几个人去实验楼看流星雨，你去不去？"
我说："这你也信啊？"
李媛盯着我说："你去我就去，你去不去？"
"去。"

现在想来，那真是我这人生的二十二年来，干的最傻缺的一件事，没有之一。

朱八是班里比较活跃的人，中学时代是这样的，活跃的人往往比较有号召力。

朱八那天晚上竟然聚集了将近十多个人在实验楼顶蹲点。

我们相约晚上十二点从宿舍出发，打着手电往实验楼里蹿，以狗叫为信号。

我猜保安那晚肯定特别奇怪学校里多了好多口音怪异的狗。

值得一提的是，朱八学得最像。

顶楼上只有废弃的桌椅板凳，几个同学坐在上面有一搭没一搭地聊天，男生在聊好久没玩的游戏好久没踢的球好久没看过的日本影星，女生在聊好久没逛的街好久没听的歌好久没花痴的韩国棒子。

时间过得好快。不知道谁说了一句："好像已经十二点四十了。"

接着有人看表，有人叹气，有人骂傻×，有人还在学狗叫，有人则在打喷嚏。

学狗叫的是朱八，他说既然没流星雨看，那么他也无事可做，学两声狗叫当消遣。

打喷嚏的人是李媛,我看到她倚在一个课桌上发抖。
没有侧影,我甚至看不到她完全的身影轮廓。
然后我脱下校服外套,直接挂到她的头上,我闻到好闻的洗发水味道。

"乔?"她穿着外套问。
"你怎么知道是我?"
"校服上有你的味道。"
"什么味道?臭味?"
"……说不上来,反正我知道。"

能够在黑夜里看到某个人闪亮的眸子,是骗人的。那晚我跟李媛相对而视,我们俩在对方的眼中都是一片黑影而已。
但你可曾对着一个黑影心动过?

我跟李媛慢慢地聊了起来,李媛问我为什么经常躲着她。
我说没有啊。
她问我朱八每次找她的时候,为什么我都不跟着去。

我说:"朱八找你是因为喜欢你啊。"

沉默了一会儿,李媛又露出了假小子的本性,她冲着天空大叫朱八的名字,她说:"朱八你王八蛋啊!哪有什么流星雨啊?!"

"冤枉啊,不是我王八蛋,是地理老师王八蛋啊!"

忽然朱八开始拿着手电筒往天上照,一边照一边动,"你们看啊,这不是流星雨吗?"

然后好多人骂朱八,可骂着骂着,大家都拿出了手电筒,跟朱八一起,对着黑透了的凌晨夜空,一边照一边动。

这是朱八的本领,他总能用他的傻×方法带着大家一起傻×。

天空中出现了很多条光束,不停地挪动。夜空仿佛是一个巨大的黑色荧幕,荧幕上不时出现微弱的光束,虽然微弱,但也如地理老师形容的那般流光四溢,飘扬变幻。

在那晚的两年后,有首歌叫《夜空中最亮的星》开始火起来。

李媛端起 MP4 对着深夜里的"流星雨"拍照片。

然后她说:"朱八谢谢你。"

朱八说:"不客气,以后请你看真正的流星雨。"

天空中出现了很多束光束，不停地挪动。夜空仿佛是一个巨大的黑色幕布，幕布上不时出现微弱的光束，虽然微弱，但也如地理老师形容的那般流光四溢，飘扬变幻。

第二天下午，我们几个人在校医务室里，一边补着数学试卷，一边磕头打盹。

李媛一直在问我题目，朱八一直在玩儿医务室里的听诊器。

他在我背后不停摸索，忽然对我说："老乔，我觉得你有心脏病，你心跳得好快啊。"

我放下手中李媛的数学试卷，扭头对朱八说："够了傻×，你放在老子的肾上，说我有心脏病？！"

李媛"扑哧"一声笑了出来。

挺奇怪的，自从没看到流星雨的那晚之后，李媛变文静了，笑得也很文静，也很好看。

朱八总说那晚李媛像被什么东西附身了，不是以前的李媛了。

从2011年的秋天开始，我跟李媛不约而同地从家里偷偷把手机带到学校来，每晚发短信聊天。

有一搭没一搭地聊。

我总问她："你明天是马尾辫还是长头发？"

李媛说:"马尾吧。"

然后我翻下床去找朱八打赌,有时候赌一瓶可乐,有时候赌五声"爸爸",有时候赌他那双传奇球鞋的使用权。
总之不管赌什么,都是我在赢。
但他乐得赌输,他说李媛不管马尾还是披肩,都那么好看。

2011年圣诞节的前一天晚上,平安夜,我捧着历史书发短信给李媛说"生日快乐"。耳边响起走道里朱八的号叫,他应该又在跟人玩儿摔跤游戏。

然后我接着问李媛:"明天你是马尾还是披肩?"
李媛说:"披肩吧。"
李媛又说:"不过你明天应该看不到我了。"
"咋了?"我问她。

李媛说她明天就出国了,全家人一起去美国给她妈治病,顺便让李媛在美国继续读书。过道里朱八还在跟人摔着跤,撂倒了谁,又被谁撂倒,嗷嗷叫。
我忽然想到当天下午,数学老师破天荒地准点下课,我们几个人争分夺秒抱起球就往球场冲。

李媛叫我，说有话要说。
我说我得去踢球，我得去虐爆高三狗。
说完我拍了拍李媛的胳膊。
那是我们中学时代的最后一次对话："我要去踢球去虐高三狗。"

那晚我翻来覆去睡不着觉，第二天早上我跟朱八啃着食堂的面包往教室走。
他又开始问着每日必问的老话题，他说："你猜今天李媛是马尾辫，还是披肩发？"
我说今天李媛两样都不是。

朱八说："啥？她换了新发型？留刘海儿了？剪短发了？"
我还是没搭理他。
早上晨读之前，班主任说："李媛从今天开始就不在咱们班、咱们学校学习了，李媛出国了。"

朱八嘴张得能吞下一颗足球，说："啥？啥？啥？"
我摆摆手。

朱八问我："你是不是喜欢李媛？"

我说："Maybe 吧。"

朱八又问我："李媛是不是喜欢你？"

我说："Maybe 吧。"

朱八怒了，"May 你妈个头啊 May。"

"我早知道你俩互相喜欢了，别管我，也别管老班，去打车啊去机场啊去找李媛啊！去啊去啊！"

我说："你别傻×了。"

朱八说："也不知道谁傻×吧！"

那天晨读朱八在教室外面的走廊被老师罚站。

因为语文老师抽背《赤壁赋》的时候，他忽然嗷嗷大叫："这么长谁能背下来啊？我干吗非要背得下来啊？苏轼划个船能叨叨一大篇，吃个荔枝也能叨叨一大篇，怎么有人连走了都不吭一声呢？！"

语文老师说："朱同学你这不是蹬鼻子上脸，你这简直是要上天啊！"朱八摔桌子砸板凳地走了，可他没有按照老师的惩罚站在教室门口，而是噌噌噌下了楼，又噌噌噌爬到实验楼顶层，待了整整一天。

第二天，朱八前两节课一直蹲在教导主任办公室写检查，第二节课的课间操,主任让他当着全年级同学的面读检查,说自己不该旷课一天在实验楼上大喊大叫。

在那之后的整整俩礼拜,他没有跟我说过话,像是跟谁赌气似的。

李媛走后的第三个礼拜,校队有个足球赛,班主任破例让我俩最后一节课放假去踢球,干掉隔壁兄弟学校。

朱八在场上疯了似的跑,也不穿统一的队服,红色一方与蓝色一方之间,有一袭白色英格兰球衣,在四处乱窜,前场搅屎棍,后场混江龙。

半场还没结束他就筋疲力尽了。

半场休息的时候,他躺在我身旁跟我讲了三个礼拜以来的第一句话:

"老乔啊,我是真的很想李媛。"

这之后朱八跟我说了很多次,同样的或者类似的话。

再然后,高考结束,中学时代也结束了。

我跟朱八很神奇地上了同一所学校,我语文考得很好,数学一般;他语文仍然是不及格,数学却好得出奇。

总归从成绩上来看,我俩的高中时代算是有个比较美好的结局。

但对于我俩本身而言,却不是这样,我知道我的结局并不美好;我也知道,朱八他压根就没有所谓的结局。

朱八每天仍然重复着跟李媛有关的话题,例如,昨天他又在微信上跟李媛聊了什么什么;例如,李媛说她们学校里的鹦鹉都比咱俩的英语好;例如,老乔,你看那个妹子,长得像不像李媛。

所以我一直是认同这个观点的——最傻×的人,往往最执念而深情。我承认我是喜欢李媛的,我一直承认,甚至在李媛面前,一向很怂的我也有默认的意味。可我从不敢真的去爱李媛,在执念的深情的朱八面前,我没有资格爱李媛。

所以大学四年来,关于李媛的一切,我只字不提,也并不跟她聊天。朱八则像没长大的中二少年,一直停留在高中二年级,或者再往前了数,一直停留在一球踢进李媛车篮子里的那个下午,他穿着白色球衣,嗷嗷叫,满心都是李媛的眼。

其实那天,我坐在草地上等朱八捡球回来,满心也都是李媛的眼。这点我从未跟朱八提起。
我早就说了,关于我们三个的这段故事,朱八知道得少之又少。

但他却执念又执念，深情又深情。

就拿前几天来说吧，他竟然发微信给我，声称在我单位门口见到了李媛。对于他的这种说法，我早就见怪不怪了，所以我还是赶快切入正题，告诉他最近欧洲杯小组赛英格兰第一场赢了，跟我打赌输的钱快双手奉上吧。

朱八从高中毕业开始的那场欧洲杯，就一直叨叨说英格兰是必输球队，就好像穿了英格兰队服的他一样。
不一会儿他就回了微信："赢了就赢了吧，打赌别提钱，俗！"

约我下班后吃晚饭。
当晚朱八发来一个餐厅的定位，是个挺高档的海鲜料理。
我说："朱八，这不是你啊，怎么不吃腰子吃海鲜了？"
朱八说："你别贫了，快来吧。"

等我赶到那里的时候，果然应验了我之前的猜测，朱八这小子有情况。
服务员带我走到朱八桌子的附近，他穿得人模狗样冲我招手，一个女孩儿在他对面，背对着我。

波浪卷发，体形纤细气质佳。

朱八笑着说："你小子还不信爸爸，李媛真的回来了啊！"
李媛，lǐ 李，yuán 媛。
"李媛！好久不见啊！"我一边开口一边往他俩那桌走去。
满脑子都是李媛过去的眼。

那顿饭是朱八攒的局，李媛果然回国了，前段时间他们在我单位门口相遇。李媛变得更漂亮更淑女了，开口一笑两个梨窝看得让人眼晕。
朱八说："李媛啊，你回来是准备接受我的爱意了吗？"
李媛笑笑不说话，抬头看餐厅的灯，她说灯真好看。

她不知道她比灯好看百倍。
朱八又说："不是我也行，老乔，老乔也可以。"
李媛还是笑笑没说话。
不过这回换我抬头看灯了，这家餐厅贼贵，灯也贼亮贼好看。

饭间我们聊了很多以前的往事，似乎过去的每一件事都是傻×的。
傻×的老师傻×的同学傻×的课傻×的体操傻×的疯跑，还有傻×的呐喊与遗憾，还有傻×的开不了口与许久不见。

九点多李媛接了一个电话，说："今晚太迟了，就到这吧。反正我回来了，咱有空接着约。"
然后三人一起下楼，我跟朱八似乎都还想再说些什么。

忽然看到李媛目视前方，模样在夜色的笼罩下还是从前的模样，径直向一辆黑色轿车走去。
从车上下来一个男人，伸手将李媛揽入怀中。
我跟朱八都蒙了。

李媛说："这是我男朋友，叫××。"
朱八说："噢噢，××你好。"
××说："嗯嗯，你好。"

朱八说："李媛啊，你总算谈恋爱了，这样我也就不惦记你了，我的学生时代也该结束了。"
李媛回道："你结束了我可还没结束啊，你不许耍赖，还欠我一场流星雨。"

这回朱八没有叫冤也没有问候地理老师全家，只是拍拍胸脯说包在他身上。

然后我们三人又回想起在综合楼顶瑟瑟发抖的那晚，哈哈大笑。

李媛的男朋友全程淡定。

朱八说她男朋友好装啊，李媛怎么找了这种货？

那之后朱八失踪了。

我找不到他正常，某天李媛打电话也问我朱八去哪儿了。

这个世界上，要是连李媛也找不到朱八的话，那他大概是真的失踪了。

失踪了也好，这种只知道忆往昔胡搅蛮缠、一直停在回忆里的人，在现实中你好像感觉不到他的存在。

我照常挂狗牌上班，李媛大概也在照常谈恋爱。

总之我没见过她几次，有空约出来吃个饭喝个茶也是一直在笑话朱八。

李媛说："好久不见朱八了。"

"你可得让你男朋友小心点啊，说不定朱八潜伏在暗处就等着一砖头拍了他。"

李媛笑了说她男朋友是飞行员，整天大洲大洋地飞，朱八能追得上他？
但我跟李媛失策了，朱八去了更远的地方。
三天前他在挪威，说还要继续往北走。
他说走出去了才知道，流星根本不是什么稀奇的景象。

他参加了一个国际组织的野外拍摄小组，专门拍流星。
他说老毛子就是有钱，只要他不停地拍拍拍，老毛子就管他吃喝不愁。
他说老乔你知道吧，这队里有个女老毛子，那身材，那脸，那胸……接着他发了一个流口水的表情，和几个啧啧啧。

然后他建了一个微信群，拉了几个人，细想一下正好是当年一起在实验楼顶看流星的大家。
群名字也是朱八起的，俗得我都不想提——一起来看流星雨。

朱八定期往里面发照片，他自己拍的照片，有星空，有月亮，还有偶尔几个卷着尾巴已经逃窜在朱八镜头之外的流星轨迹。
有人问朱八，啥时候回来啊，弟兄聚聚。
朱八说回来干尿，这里有吃有喝有女老毛子。

朱八说他现在别说是英语，德语法语他都能顺几句了。

然后，李媛在群里分享了首歌——
《夜空中最亮的星》。

炸了那个碉堡

2012年6月9号,我在最后一场化学考试的最后半小时,举手要了第二张草稿纸,开始写一些奇怪的地名:米脂,荔枝,乳山,鹤岗,淡水,沐川,热河,百色,千阳……监考老师用很怪异的眼神看着我,我折了草稿纸塞口袋里他也没有反对。接着我交了试卷,把书包丢进我离开教室遇到的第一个垃圾桶,一阵风下了楼。

X哥显然已经在楼下等了很久,焦急不已,他说:"啊啊啊,你他妈真慢!"我一边从口袋里把草稿纸掏给他,一边跟他一起避开各种保安的眼睛，闪进另一座教学楼。

我觉得那是我学生时代的最后一次冒险，越过每层楼的红色警戒线，闪开巡考老师，躲开保安，没有书包之后轻松得像特种部队，最后我们拐进四楼的厕所，傍晚的余温将它蒸得臭气熏天。

不过 X 哥还是在深呼吸，他盯着我递给他的草稿纸，看起来很缺氧，问我："这什么什么玩意，靠不靠谱啊？"
"行了你别厌了！临门一脚，我这个助攻绝对靠谱！"

然后他开始背那些地名，念念有词。其实很多地名后面，还有一大段的表白和爱情宣言。读者当然不是 X 哥，在接下来的戏码中，他是那个发言的人，听者是江女神。而我，我躲在厕所里喝脉动。耳边的 X 哥还在念念有词，"这些地名很神奇，其实很普通，我也不知道它们在哪里，不过我想在这个世界的每一个角落都遇见你。"

2012 年夏天我开始习惯于旅游和在地图上打钩。从填好志愿的第二天，我先是在江浙沪包邮圈转了转，然后去了武汉，接着是四川、西藏，又飞到厦门、海南，最后回到南京。

临走之前我撕下班主任贴在教室墙上的中国地图,每去一个地方就打一个钩,把每个打钩的城市按行程连在一起。整个地图看下来,我的行程毫无章法,浪费钱而且舟车劳顿。那时我高三毕业,没有手机,随身携带从家人亲戚那里"讨"来的一大笔路费,和一张电话卡,走到一处往家里报次平安。

后来每次我提起高三毕业的那次旅行,都会换来羡慕甚至钦佩的目光,而我也乐于把这段经历分享给别人,大熊猫的粪便可以做香囊,九寨沟附近遇到的泥石流,在藏边境线上疯跑,整张脸褪下一层完整的皮……其实这些经历都不是我的,那一个半月里,我在酒店里吃了睡睡了吃,偶尔挂个单反出门拍天上的云,然后我慢慢觉得其实哪里的云都一样。这些都只有我自己知道,别人只会"哇!有想法!""超屌!好厉害!"他们说我很会享受生活,其实我享受个屁,那种漫长得像迁徙一样的旅行,说实话还不如迁徙呢,迁徙有目的地,两点一线,而我没有目的地只有目的,我的目的就是离开。

走到海南的时候,我的一大笔钱终于也用光了。我到酒店大堂给X哥打电话,刚"喂"了一声,那头就听出我的声音,继而一阵大骂,骂我自从6月9日那天下午,就开始消失,然后失联。我问:"暑假怎样,你们?"X哥的语气开始悠闲,说正陪老婆吃榴梿比萨。

我握着话筒开始脑补江女神黑长直的头发，她纯白色的 T 恤和浅色的牛仔裤，她好看的脚踝挂了一串红绳，她声音很脆笑声很大，她用左手把飘到右脸颊的头发捋回去，她还有白皙的脖颈。

我说："在海南，没钱了，来两千块钱，回去还你。"
挂了电话之后我卡里多了四千。
那天晚上我蹲在椰子树下发呆，旁边有许多游客被当地人带领围着篝火跳舞，舞姿和笑容都很丑很傻。我把那张勾了很多城市的地图在篝火旁烧了，然后订了回南京的机票。

X 哥是一个比我勇敢很多的人，他为了表白为了爱，根本就没考最后一场的化学。他很害怕江女神考完就被爹妈接走从此天各一方，所以他从一开考就在楼下蹲点。而我是做完试卷涂完卡写完情书才出来，他比我屌很多。所以后来他上了一个专科学校。

巧的是，离我们的学校很近，我跟江女神考进同一所大学，我们三人又都留在了南京。
X 哥说这都是命啊，都他娘的是命。

他在说"命"的时候其实在懊恼，懊恼他与江女神的所谓"恋情"，

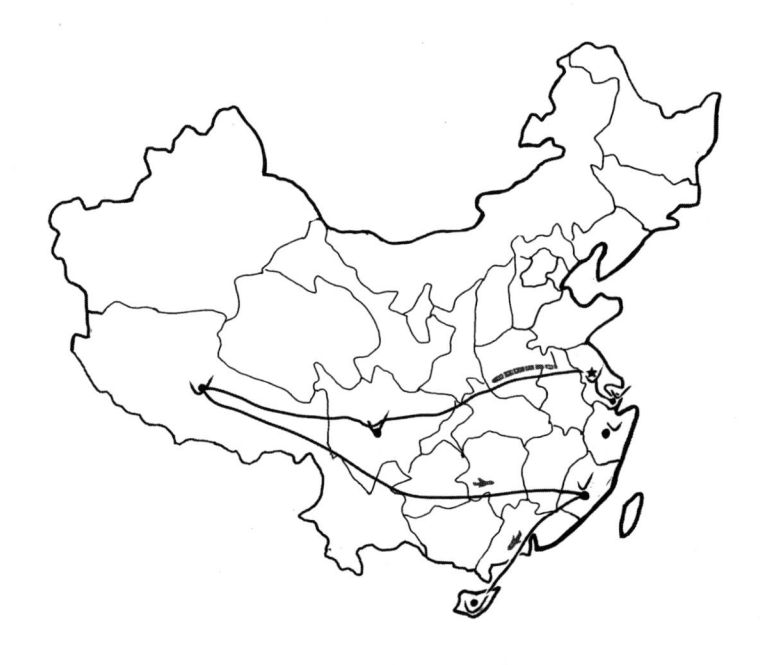

我没有目的地只有目的，我的目的就是离开。

在开学之前就夭折。X哥总埋怨我写的情书保质期太短，用户体验太差。不过他没有放弃，从我们大学军训的第一天开始，X哥就坐半小时公交车，蹲在我们学校操场旁边低矮的小树下面，给江女神送软绵绵的鞋垫，送冰镇的果汁，提前到食堂排队打饭，后来陪她参加艺术团和礼仪队的面试，他甚至借用我的账号密码下载江女神的课表，熟悉我们学校的地理环境，知道江女神每天每节课的所在地。

那段时间我觉得X哥好像江女神的一个影子，虽然有时候女神甚至不知道他的存在，可他还是兢兢业业精神焕发，像一头豪猪，有目的性地"横冲直撞"。

这个影子战法截止于圣诞节前，一向土豪的他某天突然张口就问我借五千块钱。我东拼西凑凑了两千给他，他抖抖钱又抽还给我五张，笑得一脸贱样，说："过几天我有个大行动。"

平安夜那天下午，X哥打电话给我让我赶快下去帮他搬东西。我赶到江女神宿舍楼下，看到一辆皮卡，上面有音响有电吉他有架子鼓和冗杂的电线，还有一大捧鲜花。X哥忙得不亦乐乎，冲我招手，说他请了个乐队，准备在江女神宿舍楼下来场show，他说的时候一边喝凉茶清嗓子一边"嗯……啊……咳咳……"

围观的人越来越多，快堵到附近的桥。X 哥不负众望，全程破音走调，可他还是挂着一把电吉他嘶吼，青筋从脖子到眼角都显而易见，收获了很多掌声和更多的哄笑。

直到傍晚，才有江女神的室友气呼呼地下楼，"江××不在宿舍，你们几个傻×吵死了！"
X 哥失落了一秒钟，接着继续贱笑，说幸好幸好，今天发挥不好都走调了。

正当我们收拾好东西准备走人的时候，看到江女神一脸怒色地几乎是冲进宿舍楼下，X 哥这边就要躲到皮卡后面去，以为江女神闻悉后要砍他，可接着才看到她后面跟着一个男生，瘦瘦高高，富帅特征很明显，嘴里不停说："你就答应我吧。"

江女神走到二楼又冲楼下喊了一句："跟了我一下午你怎么这么烦？"
X 哥一听来了劲，甩了烟头就上，冲高富帅一阵拳脚。
高富帅招架不住而且很是疑惑。

X 哥仰头说了句："江××，我女朋友，你以后少招她。"

高富帅也发狠，说："江××我吃定了！"

两人又扭打成一团，互掐之余 X 哥看了我一眼，说："你他妈的愣着干吗？上啊！"

我抄了个小鼓就往上砸，X 哥哎哟哎哟地被高富帅按倒在地，嘴里嘶吼道："你他妈的砸到我了！"

我可能是太紧张了。然后马上又砸了几下，高富帅被我成功爆头，见了血。

所以事情闹大了，X 哥自称是"社会人士"，学校拿他无可奈何，但我成了第一个大一上学期就被记过的学生，破了纪录据说可以在校史上留名。

这件事之后，江女神似乎对我感激又抱歉，特地请我吃饭。我打电话问 X 哥要不要来，X 哥说："最近，真的，不是，很，方便。"

断句很怪。

一起吃饭时我问江女神，那个高富帅后来还有没有缠着你？

江女神哼的一声，说："你们还不是一样缠着，有什么分别？"

我连忙摇头，"不不不，我们跟他有本质的区别。那些高富帅跟漂亮女生从来都是一伙的，可是漂亮女生在他们眼里也就是漂亮女生，一视同仁，他们都是会玩的人。可是 X 哥不同啊，虽然我不知道你在他心中有多漂亮，可是很明显除你之外的所有女生在他眼里还不如一头老花猪。"

江女神愣了一会儿神，我很满意地啃羊排，以为我这段说辞让她醍醐灌顶，会帮 X 哥加分。

其实那次江女神请我吃饭而 X 哥没有来的原因，不是因为他脸皮薄，而是因为他在住院。高富帅还是没咽下那口气，找了一帮人，堵在他来我们学校的路上，一口气断了他三根肋骨。

我再见到他的时候是四个月之后，春节过了，新学期开始。开学后 X 哥出院，从病房搬回宿舍，整日就缩在床上看片打游戏，两个眼窝下都泛着虚脱的青。

我说："X 哥，你怎么了？天天晚上盗墓啊你？"
X 哥的眼神里竟然流露出犹豫，说话简短，"一、我感觉我给她带来了负担；二、兄弟我对不起你啊啊啊！"
我说："你去死吧，这么矫情我快吐了。"
X 哥拍拍我的肩膀，说："你往那看。"

我顺着他的眼光往他们宿舍窗外看，南京的春天很短，三月底已经有了初夏的气息，和煦的风，热腾的大太阳，常青的灌木，抽芽的柳。
我问："X 哥，你是不是打算重新振作拥抱阳光了？"
X 哥目光笃定，"不，你看那边，女生宿舍，成片的奶罩在飞。"
我说："啊啊啊，你傻×啊？"

X 哥使劲儿扇我的头，"就你这个傻×，你以为江女神不知道写情书的是你？你以为江女神不知道你喜欢她？你以为老子不知道你喜欢她？你以为老子不知道你躲了一个暑假就是不想看我跟她在一起？妈的……你字写得真他妈难认，害得老子读情书读到一半字认不得了，穿帮了怪我啊？还是江女神自己接着看完的……"

我脸犯抽抽不知道说什么，跟着 X 哥一起往女生宿舍眺望，成片的白色胸罩在衣架上随风摇曳，我似乎能闻到风中的清香。
X 哥笑得还是很贱，"江××，就交给你了，都是兄弟！替我炸了那个碉堡！"
从那之后，X 哥再也没有来过我们学校，而我也再没有去找过江女神。

上学期江女神请我吃饭，我说让女生请客吃饭真的有点别扭，江女神说:"那你请我看电影吧。"

那时候正在上《分手合约》,电影院里的女生看到彭于晏哭了都跟着泪奔,我打盹的时候看到江女神也在抹眼泪,慌乱中我发现自己没带纸巾,忙问另一旁鼻涕一把泪一把的女生借了两张递给江女神。

看完电影之后江女神一直追问我,刚才跟旁边的女生说了什么。我怎么也不肯告诉她,因为我觉得既矫情又尴尬,我说:"不好意思啊美女,能不能借我两张面巾纸啊?我女朋友哭了,我没带纸。"

以上就是我跟江女神的最后一次见面,而 X 哥是在比这更早的那个平安夜的下午,在被我"误砸"被高富帅按倒在地的时候,他后来告诉我,他看到江女神在宿舍二楼的背影,长发在窗前一闪而过,没有声音。

他说他对江女神的爱就是在那一刻死的,他原本以为感情会随着时间慢慢拉长变淡,其实最坚固的情感,往往是一瞬间崩塌的。

但我知道他在装,后来 X 哥变得很文艺。他抽烟的手戴上了戒指,他还是会托我送江女神很多水钻项链,他有时候也会问我江女神最近怎么样?我说不知道;他再问,你们俩最近怎么样,我说不知道。

后来他索性不问了。

X 哥从大二开始参加了南京的一个登山协会,自费去爬中国甚至欧洲的大山。他说男人对柱状物体都有最原始的崇拜。他会站在瑞士雪山下踩着雪橇拍照,然后传到交友网站上。X 哥说这种照片一箭三雕:有钱、健硕、情趣。他后来勾搭了很多妹子,校内校外甚至还有我们学校的。

我问 X 哥,你的爱情是不是死灰复燃了?
他伸出两只夹着南京烟的手指,摇了摇,说,爱情很简单,当你同时拥有旅游和女人的时候,你就拥有了爱情。

恍惚间我就忘记他跟我一起蹲在江女神宿舍楼下,或趴在旁边的桥头抽玉溪看月亮的日子。那段日子都挺冷的,月亮很远,有时候月黑风高,我想他也早就忘记了。

而很奇怪的是虽然同在一个校园里,我也没再见过江女神,学校里女生很多,夏日里更是有无数白花花的大腿,可没有一个左脚踝上挂了一串红绳。X 哥说我走路都低着头,驼背而且很厌。

我跟 X 哥有时候会在我学校的篮球场打球，我们总是有大把无聊的时间可以在球场上疯一下午，累了就坐在台阶上喝水。X 哥索性搬来大半桶"润发一世"纯净水，直接仰头往脸上浇，喝嗨了就躺在地上用上衣盖住头。

我累到虚脱什么都不能做的时候，就只能思考。说是思考其实是回忆，2011 年我跟 X 哥读高二，在南京的另一头。我们学校旁边有座不高的山，还有一个信号塔，下午五点下课我跟 X 哥饭都不吃跑去操场踢球，迎面的风把校服上衣和裤腿都吹得鼓鼓的。

夕阳西下，阳光沿着信号塔洒在球场旁边的水泥路上，江女神戴着耳机，捧着两本书，往车棚走去。面容姣好步伐轻快，晚风吹起长发和裤脚，有条红绳系在她的左脚踝。

X 哥把球丢给我撒腿就跑，他手法很娴熟，两三下把江女神自行车的前后胎都撒了气。然后站在那里拍拍自己的车座，"要不，我载你回家？"

X 哥有时候会忽然犯病似的跟我来一句："其实我觉得江××喜欢你的。"

他在一旁唏嘘:"哎呀真可惜,革命的路还长,碉堡还在敌人的战壕。兄弟你不会是因为我才忍痛割爱的吧?哥哥我要以身相许了!"

其实听他这样唏嘘的时候我会想到那张被我勾画了很多城市最后又被我烧掉的旧地图,我还觉得挺难过的。我也不知道时间就这么走啊走的,到了今天。X哥的"爱情"就快十人斩,我还是孑然一身。但我一点也不羡慕X哥,相反他经常羡慕我。

大学快毕业的时候我们得知一个坏消息,之前高中带过我们的班主任老师得了很严重的病,班长把大家聚在一起去探望老师。
X哥说那是他第一次体会到更加真切的无奈,望着病床上老师消瘦的身影和各种滴管。记得上次见他的时候还是慈爱,微胖。

江女神躲病房外哭得很伤心,她其实是个神经末梢极其敏感的人。
X哥很怀疑地说,是不是江女神只有对他有一颗椰子心。
我跟X哥都想上去安慰她,可却都手足无措。

离开医院后,江女神叫住X哥,我不记得这是时隔多少年江女神第一次开口叫X哥的名字。她从书包里抽出一个精致的盒子递给他,里面全都是送给她的东西,吊坠、梳子、香水、小饰品,很多,塞得很满。

我跟 X 哥都有些错愕。

江女神的眼睛鼻子还是红红的,她说话的嗓音还残留着一丝哭腔,她说:"希望你以后好好的。别再那样浪费和糟蹋自己的感情。"

我知道江女神指的是 X 哥最近的生活,像一个浪子,混在夜店霓虹中,十人百人斩。

江女神说:"我不欠你什么,这么多年你一直在追我,你也知道我还是没有喜欢你,可你喜欢现在的自己吗?最起码我对你的这份好感,还保有尊重甚至是珍惜。"

X 哥还愣在那里。

最后江女神说:"我谈恋爱了。"

说完她看了我一眼。

我一直很期待这样的对视,没有电光火石没有人来人往没有沧海桑田,可我们却能互相看到对方灵魂深处的东西。

到此为止吧。我心里这样想。

我觉得我是在那个时候忽然明白的。恋爱不是谈的,而是坠入的。

灵魂在你不知情的情况下从天而降，下面可能是伊甸园也可能是万丈深渊，其实就是一场赌博，赢了是爱情，输了就是虚无。无论是我那样默默地爱，还是 X 哥大张旗鼓地表白。

X 哥的大学只有三年。大三结束那年夏天他叫我去毕业旅行。恰逢我准备考研，我推托说不去，问他干吗不找那些勾搭来的小姑娘？X 哥说不行，意义重大。
于是我们又开始了更加漫无目的和毫无章法的旅行。甘肃，四川，陕西，广东……

X 哥问我："你觉得这些地方怎么样？"
我说，没什么两样。我们绕过所有的景区景点，坐一天破旧的汽车去米脂，去荔枝，去沐川，去千阳……去几年前我在那封情书上不着边际胡写的地方。

这些地方陌生又熟悉，没有给我留下任何一丝的印象，就像很多年前住的筒子楼下，一旁是米线馆，一旁是水果摊，对面是一样的筒子楼。
X 哥蹲在那些地方抽烟，时而抬头说，不知道为什么，总觉得江女神就在附近似的，在吃个米线就能看到的地方。

我的大学生活

说起我的大学一点也不潇洒，不潇洒至极。

高三毕业之后我一个人出去玩儿了好久，回家之后我爸指着学校的名字对我说："你就上这个学校吧。"

OK，fine.

大一刚开始，宿舍老大跟隔壁宿舍哥们儿在争一妹子，一时决不出高下。

老大说，要不按江湖规矩，无月之夜，凄风苦雨，灯影绰绰，约一把 LOL，一决雌雄。

对方拍案："靠谱儿！"

每个宿舍六个人，我不会打游戏。

老大说："没关系你会叫啊！你当啦啦队！"

我会叫你妹啊！

于是那晚宿舍里全是我的惨叫："啊啊啊啊，你又死了！啊啊啊啊，那个激光把我们的塔打掉了！啊啊啊啊，留给中国队的时间不多了！"

老大被我叫毛了，对我说："你！去拔他们宿舍的网线！"

于是我们宿舍在最后十分钟，扭转战局，碾压对方赢了这场比赛。

赌注除了妹子，还有五十块钱。

老大说："这五十块，是咱们团队协作的结果，咱们得买点有意义的东西。"

经过再三考虑，我们买了一盒杜蕾斯超值装，六个。

老大出去泡妹子的那天，撕了一个放口袋里，我们望着他的眼神，敬意中带着泪花。

他前脚刚出门，后脚我们就给那个妹子发短信："张老大左口袋里有一个给你的 surprise ～～～"还加了三个贱萌贱萌的波浪线。

于是老大赶在宿舍的火锅消夜之前就回来了，我们看着他脸上火辣辣的几道印子，把撕下来的一片又塞了回去。
他说："我们六个，一人一个，谁先用掉，谁就是爸爸。"

今年大四，前段时间老大要出国，宿舍最后一次聚餐，菜过三巡酒过五巡，老大从包里掏出一盒皱巴巴的杜蕾斯。
整个桌子都安静了。

老大一个一个撕下来，"一个，两个，三个，四个，五个，六个。你们六个废物！六个废物！"
我说："老大，算上你才六个。"
老大转身就吐了，边吐边说："我知道！呜呜呜！我他妈知道。"

宿舍老二跟我一样是个足球狗。
某天他拉我在学校某个桥头蹲了快俩小时，我们的姿势很像两个并排蹲坑的，我捻灭了第 N 只烟头，说："我快跟桥头一体了，谭梅梅来了没？"

整个桌子都安静了。

于是梅梅就来了。

老二说:"你看怎么样?"
我抬头看到一个穿着曼联球衣的姑娘,披肩长发,白净,瓜子脸,会用五根手指向后撩头发。
我点点头,说:"还行。"

于是我们跟隔壁班级约球,踢半场改成的小场,6V6。
老二前几天半路拦住那个曼联妹子,说:"我有个朋友,礼拜天想叫你去球场看他踢球。"
"我有个朋友………"
呵呵。
尿×。

那天下午踢了二十分钟,老二被对方一脚爆蛋,那球本来是奔着门框去的,大力抽射。
我立定鞠躬,向老二致敬。
老二在球场上用介于蹲和跪之间的奇妙姿势嗷嗷叫。

我本来有任务在身——盯着那个曼联妹子有没有来。

结果老二提前阵亡，换我上场。谁知道那个妹子姗姗来迟，她错过了老二英勇献身的大场面，来的时候正好看到老二把球衣脱给我穿，鲜红的曼联 7 号。

其实那场球我踢得烂之又烂，可老二说，场下的妹子看你看得眼都直了。
踢完球，妹子就来送水。
她笑笑："你叫我来看球的？"
我从妹子的长发间瞥见球场灯光暗影下一边揉蛋一边垂头丧气的老二，对妹子点点头，说："嗯，听说你喜欢曼联球衣，要代购不？正品，价优。"
妹子甩头而去，只留下婀娜的背影。

我跟宿舍的老三老四曾经组了一个小乐队，起名字那天老四刚好刷微博刷到一条："把你今天的心情和午饭吃的东西连在一起，就是一个新名字。"
于是我们的乐队就叫"奔放的榨菜炒肉丝"。
老三说："名字太长了，就缩写成'奔榨丝'吧。"

奔榨丝乐队的终极梦想是合奏合唱一首《加州旅馆》，这是每个既会玩吉他又会装×的伪文青的梦想，可最后我们只合唱过一首《你知道我在等你吗》。

这是准备帮老四跟妹子表白的预备歌曲。

那天下午天气特别好，礼拜六。整个校园都暖暖的，懒懒的。回宿舍一路都是阳光和拂柳，还有薄荷味的微风。

老四说："咱再合唱一遍，然后就去。"

于是我们在宿舍开唱。

唱到那句话的时候我忽然愣住了，老四说："你愣个毛啊？"

我说："不对不对，你俩听，'你知道我在等你吗？你知道我在等——你——妈！！'像不像骂人啊？"

老三点点头："有点像。"

老三问老四："你的妞儿你说了算，咱还去吗？"

老四问我："咱还去吗？"

我耸耸肩："要不，别去了吧。挺傻的。"

"是啊！"老三拍桌子，"我也觉得挺傻的。你觉得呢？"

老四说："我也觉得挺傻的。"

于是那天下午，奔榨丝，即奔放的榨菜炒肉丝乐队，正式解散。

老四在网上团购了吉他架子，把我们三把破吉他缩在阳台。

偶尔谁洗的内裤袜子没拧干水,水滴会"啪嗒啪嗒"滴在吉他上,大晚上被吵得脑仁疼睡不着。

大三那年,我们宿舍老五竟然后发制人,闷声发大财,约到一个妹子看周杰伦演唱会。
我们说,这次准成!
老五练长跑,妹子练短跑,他们在田径场上相识。
老五经常陪着妹子帮她计时训练加油鼓劲。

演唱会当天晚上,我跟老三老四从阳台的一堆内裤袜子下翻出来三把吉他,从《七里香》弹到《星晴》,从《我不配》弹到《晴天》,从《黑色毛衣》弹到《世界末日》。

老大老二一边举着泡面桶,一边甩着毛巾,叫着:"安可!安可!"
可老五突然进来了。
他叹了口气,说:"他妈的,下了地铁找不到奥体在哪儿。"
老五是个超级无敌大路痴。
老二扶额,"我了个去!那么大的奥体,你瞎啊?瞎也能找到啊!"
"后来找到了,但已经开场很久,看了一会儿,妹子说没气氛,就提前回来了。"

再回到前段时间,送老大出国那天。老大说:"你们就别去上海送了,在高铁站送送得了。"

我们点头说:"知道知道,去上海还得多买一张高铁票,贵。"

老大摆摆手。

我们五个人从高铁站插着口袋出来。

忽然听到"轰隆轰隆"的声音,感觉附近有什么东西疾驰而过。

老三看了看手表,说:"是那个傻×的车吧。"

我点点头。

那天回到学校已经下午五点多,学校最近在修新的体育馆,把之前一栋老楼给拆了。

老二说,估计下一届都不知道这里原来的老楼是什么样子。

然后老大在群里发了一张照片,一盒破旧的杜蕾斯。"我回来的时候,就真他妈过期了。"

我们五个人嘿嘿笑。

老五对我说:"我们几个也就算了,你平时这么文艺,也算一表人'渣',怎么也没用上?"

奔榨丝

能遇见我们所遇见的，就足为勒不多的小幸运了。

我说:"我也不知道啊,时间过得这么快谁知道,过啊过啊,就到头了。"

那天我们五个人在食堂二楼点了五份麻辣香锅。
老三还在跟一个妹子抢最后一块里脊肉,老三说:"你看你还不知道减肥,以后怎么泡汉子啊?"
老三说,好像混到大四,一切都无所谓了,妹子全是浮云。
他就是吃不到葡萄说葡萄酸而已。

如果在外人看来,我们六个人一个富二代,一个足球狗,两个吉他手,一个眼镜男,还有一个不怎么好定义,看起来是有点小钱的足球吉他眼镜男。他们宿舍六个人大学过得好没意思,好单调,他们当过会长、部长吗?他们拿过奖学金吗?他们挂过科吗?他们谈过恋爱吗?他们被表扬被批评过吗?什么都没有,惨淡如白开水。一点也不潇洒。

是啊,一点也不潇洒,谁说一定要潇洒。
我见过潇洒的人,每次路过,老二都会骂他们傻×。
我说,其实我们也是傻×。
老二说对啊!

可我们自成一派。

他们"故作潇洒派"怎么可能跟我们"傻×派"相提并论呢？可笑。

我们每天有那么多事情与笑料，可好像什么事都没有。

我们总以为会发生怎样怎样的事，可好像什么也没发生。

就这么走过来，过下去了。

OK，fine.

这已经是我为数不多的小幸运了。

能遇见我们所遇见的，就是为数不多的小幸运了。

刘璃璀璨

三年前,我和刘璃快要度过大一。
那时候学校自习室里的冷气开得比现在足,可夏天还是一样的热。
许多大四的毕业生不停穿梭在每一间自习教室,拍着各种各样的照片。他们坐着,趴着,躺着,或者对着阳光眯着眼,或者在黑板前面伸着胳膊腿儿。

那个时候的我无法理解他们为什么要在只昏昏欲睡过的教室里凹这么多造型来纪念青春,来纪念这么多不存在的青春。

刘璃说:"你不懂,好多青春其实都是不存在的。"

刘璃问我:"以后你想怎么拍毕业照啊?"

我说:"我想拍一个把几百本微积分课本焚烧的事故现场。"

刘璃把西瓜汁吸管吸得作响,说:"好主意,带我一个带我一个。"

然后我接着做数学题,刘璃接着给高数老师发信息。

我给刘璃出主意:"你干脆给老师拜个早年?"

刘璃很认真地想了一下:"算了吧,要不我给老师发张自拍?"

我说:"我忽然好想当高数老师。"

那个期末我跟刘璃在同样让人昏昏欲睡的自习教室里度过了半个多月。

每天大概只做如下几件事:

睡觉,发呆,看书做题,玩手机,骂老师,骂学校,骂后排打啵的情侣,骂眼睛所见的每一个人。

对了,刘璃还比我多做一件事,跟北京的男朋友聊天。这是我觉得使酷酷的刘璃变得不酷的唯一一件事。

她在聊天的时候喜欢转笔,喜欢撩头发,喜欢跷二郎腿,喜欢在草稿纸上画无数个毛线团。

这让那时候的我很不开心。

我想我的不开心是有很多原因的，量化起来，10% 是因为打电话的刘璃比跟我讲话的刘璃要更好看一点点；90% 是因为，刘璃画毛线团的草稿纸、作业本、书，都他妈是我的。但只有那会儿我可以趁机偷拍几张刘璃的侧脸。

那时候我不懂大四的学姐们，在教室里摆拍半天为什么还是很难看。明明她们腿长过刘璃，胸大过刘璃。
以上两个部位，我都认真地比较过，也用拉格朗日中值定理认真地计算过。
室友曾经跟我说，他甚至觉得财经学校里的每个姑娘胸前都有两个马德堡半球实验体。

两年前，我和刘璃快要度过大二。
那个夏天我们没有在自习教室里度过，这归功于更加有水分的课程与老师，让我们这种学渣也有在期末前不打算好好看书的自信与勇气。
不过我跟刘璃也没闲着，那段时间她忙着跟她北京的男朋友吵架，分手。

而我，在忙着看这些事情发生。

每个女人在分手的时候都会变成另外一个女人。
这是我在那段时间里总结出的规律，用的不是归纳法，是类比法。
我跟刘璃经常坐在夜晚的球场看台上，流汗与喂蚊子。
刘璃同样还比我多了一件事，在电话里跟她男朋友吵架哭闹。
不对，她还喜欢掐我的胳膊。
掐我的时候，她总会在电话里问她男朋友，是不是不爱了？或者自己对着电话说，不爱了就分手吧。

某一天，刘璃大概是太想她男朋友了，拨通的电话一直忙线，然后她一边哭，一边对着忙线的电话喊她男朋友的名字。
她哭得一抽一抽，特别小女人，一点儿也不"刘璃"。
我冲下看台，问跑道上散步的小情侣们借点纸巾给刘璃擦眼泪鼻涕，小情侣们总会备些纸巾，不知道用来干吗。
等我拿着纸再走上看台的时候，看台的灯光正好只打在刘璃脖子以下，让她哭泣的脸埋在阴影里。

没有风、闷热、聒噪、满是蚊子的夏夜，但刘璃的头发却还是拂动着，因为她啜泣的身体。

她哭好之后，问我，喜欢一个人究竟是什么感觉？

我说，啊，我不知道。但其实在那时候我刚刚有点明白那种感觉，大概就是，站在原地，站定不动，面部肌肉紧绷，眉头紧锁，不管有没有风，然后一遍一遍叫着某个人的名字，一声接一声；

或者也是，同样站在原地，也站定不动，喂着蚊子，手里攥着纸巾，看着身旁的某个人，一遍一遍叫着另外一个人的名字，一声接一声。

那个夏天之后，我跟刘璃的感情状态也都发生了变化。

刘璃分手成了单身，我把上一个妹子告别单身。

刘璃对那个妹子很好，请我们俩去她最喜欢的餐厅吃饭，挽着妹子的手逛商场，两人买一模一样的手链，三人一起吃麦旋风。

刘璃说："你小子可以啊，不错不错。"

我说："嘿嘿。"

所以一年前的这个时候，虽然我即将度过傻×至极的大三，但我没什么可写的，我并不知道刘璃在一年前的这个时候做了什么，有没有看书，有没有挂科，有没有去操场看台上喂蚊子。

大三快结束的时候我很忙，去图书馆占两个人的位子；吃冷饮吃第二杯半价的冷饮；牵过手；拥抱过；夜晚占着操场的跑道一圈一圈走过。

有一次，我跟女朋友散步的时候，看到刘璃，汗流浃背的，我叫刘璃，叫了好几声，一声接一声，刘璃才回头答应。

我问她去干吗了。

刘璃说宿舍楼下的小超市没有菠萝卖了，她跑去门口看看。

我回她，菠萝早就过季了啊。

大三期末考那会儿，又有一批大四的毕业生走了。

我们几个学弟请球队里几个学长吃饭，送大四。

这种场合比较容易喝多，甚至为了昨晚伊瓜因罚失的点球都能再吹一瓶啤酒。

我喝得不省人事，队友帮我打电话给我女朋友，让她陪着我在学校旁边的宾馆住一夜，没有什么其他想法，总比宿醉在街头好。

第二天早上，女朋友问我："怎么你很喜欢吃榴梿吗？"

我说没有啊，最受不了榴梿的味儿了！

女朋友摇着豆浆吸管，歪着头说："那就奇怪了，昨晚你喝醉酒的时候，嘴里一直不停念叨着，榴梿，榴梿。"

我听着听着，一愣。我知道我念叨的肯定不是"榴梿"。

然后那个夏天结束，我也分手了。

所以今年，现在的这个时候，我快要度过傻×至极的大四，和难忘至极的四年。

大四这一年我跟刘璃的联系更加稀少，我们都忙于在实习单位挂着狗牌，脚步飞快，一刻不停地干各种事情。

有同时跟我和刘璃都熟悉的朋友问我，你跟刘璃怎么还不在一起啊？也该在一起了。

他们说，总感觉你们俩要在一起是一个特别应该的事情啊，这都快毕业了。

我说，大家都那么忙，就别给自己搞事了。

前两天刘璃问我："你想怎么拍毕业照啊？"

我说："就……随便拍拍吧。"

"嗯嗯，别忘了叫我啊。"

毕业典礼那天天气特别闷热，就早上尿了几滴雨，感觉整个校园都被放进一个大蒸笼里。

我穿着大袍子站在校门口等刘璃。

刘璃来了之后问我们去哪儿拍,我说我带你去一个野湖吧。

刘璃说:"卧槽,我就知道你路子野。"
然后我们在路上不停地聊天,聊天中间也不停地嗯嗯啊啊,有点尴尬地停顿。
我经常侧过脸去看刘璃,看她的时候,刘璃一直在撩头发。
特好看。

然后我们走到图片上的这片野湖,接着在不停地调角度。
最后终于被我发现了一个诡异的视角,我先让刘璃站在那里不要动,赶忙拖住一个路人学妹,让她帮我们拍一张照片。
我先是把手搭在刘璃的肩膀上,拍了几张之后,总感觉跟周围环境不太搭,于是我们俩就故作呆滞地站定。那天也没风,闷热,蚊子多,但照片拍出来却有一种冷清的感觉。

拍照的学妹把手机递给我,说:"哇,你们拍了个好惊悚的毕业照啊!"
刘璃说:"啊哈哈哈……这句话听起来就好浪漫。"
之后我跟刘璃说,这片小野湖很少有人知道,我是在某天早上跑步的时候发现的,那个时候我就在想,我一定要带你来这里拍一张照

我们差不多也该在一起了。

片，那时候我也在想毕业的时候咱俩差不多已经在一起了。

刘璃一愣，笑了，说："你别说，这个我也有想过，我也觉得咱俩到毕业前也应该在一起了。"
然后我们都感叹，果然现实都很骨感。
刘璃说："大三结束，刚放暑假那会儿，你不是刚分手吗？"
我回忆了一下，点点头说是的。
"那会儿我在想，咱俩是不是应该在一起了。你坐高铁回家的那天早上，我去车站找你了。"
我说："卧槽，我怎么不知道啊？"

她说你当然不知道了，又没告诉你。
"那天早上高铁站全是人，跟他妈排队看世博会一样，取票口的人一团又一团，进站口的人两团又两团。"
我回忆了一下，的确是这样。我说："难怪你没告诉我，根本找不到我吧。"

刘璃说："不是啊，我找到你了。我就站在那个取票口啊，取票口的凳子上，然后往整个大厅里扫视，三十秒，或者三十秒不到，我就从几百号人里看到你了，你一边排队一边玩炉石。"

我问刘璃："那你为什么不叫我啊？"

刘璃说，本来她特冲动特冲动地赶到车站，想在暑假开始之前，让我们俩的关系有所提升和改变。

但也就是在她三十秒就发现我的同时，她说忽然觉得，也没必要这么急，她说既然可以从那么多人里发现一个并不怎么显眼的我，以后她还是有办法找到我的。

— 你还娶我吗?
— who 他们 care?

金鱼店的老板娘

我看电影《师父》的时候一直在跳戏,师娘赵国卉每次一出现一开口,就让我想起多年前认识的一个女人。生活中不乏电影里赵国卉这样的女人,她们妩媚着又坚强着,外人说她们又靓又浪,只有她们自己知道,自己是烈女。

多年前我还小,那个时候她就已经是女人了。比我大一整轮,十二岁,现在算来,已经三十好几了。

八年前她对我说,她这辈子大概就这么一个人过了。

那个时候我没开窍，我不懂，但我信；那个时候她自己也是信的。

我认识的那个女人，是个金鱼店的老板娘。那是我人生中到目前为止仍然印象最深刻的金鱼店。跟我家所住的老房子在一个街区，闹市区。闹市区是一个很奇怪的存在，总是新旧掺杂。我家那时候住的小区大概是城市里最老的小区，而小区旁，就是那时城市里最高的一栋大厦。

金鱼店开在闹市区一个犄角旮旯的路口，顺着那个路口走啊走，正好能拐进我们小区大院。路不宽，过不进去汽车。
中学开始，我每天蹬着我爸淘汰下来的一辆黑色大驾自行车，吱呀吱呀地从门前经过。

初二某天我爸不知道从哪淘来一个旧鱼缸，样式很奇异，像一个细口粗腰的水瓶。我爸说："你去路口那买两条金鱼吧。"
在那之前我完全没注意过那家店，只是潜意识里知道有一家金鱼店的存在。

店面不大，甚至没有招牌，连"金鱼店"三个字都没有，看起来像是没人用的空店，无聊而懒散。店开在路口，两面是墙，另外两面是推拉的玻璃门，门很老很旧，玻璃泛黄。可进去之后，是不一样的世界。靠着墙的那两面，从底到顶，摆满了大大小小的玻璃鱼缸，像楼梯一样，层次分明，又好像抽屉柜，每一个鱼缸都被拉开来等待欣赏。

墙角有两个超大的插线板，接满了大大小小的插头，很凌乱。每一个插头伸到鱼缸里面去连接一个氧气泵，在水里咕嘟咕嘟地鼓着气泡，气泡周围是各种各样五颜六色的鱼在翻腾，看起来很活泼，然而整个房间是极其安静的，那么多氧气泵但似乎一丁点声音都没有。

房间正中间很空，只有一个藤椅，藤椅上坐着一个女人。浅青色的短裤，大白腿，白T恤，披散着头发，黑色的人字拖。手里捧着一本《国家地理》杂志，里面都是蓝蓝的海和惨白的天空。

我说我买鱼啊。
她抬头捋了一捋头发，冲我笑了笑，但好像又没笑。
她说："你可以自己随便看看，喜欢哪只用旁边的网子捞起来，或者我帮你捞也可以。"说着，她拿了一个不大的铁碗，从最底下的鱼缸里舀出来半碗水，递给我用来放金鱼。

那个年代里鸡汤文还不多，在鸡汤不多的时候似乎每一个鸡汤都那么可信。

不是有那么一句话吗？"金鱼只有七秒的记忆。"我一边挑鱼一边说，它们真的只有几秒钟的记忆？所以吃了又吃？

她笑了，说："金鱼能记很久，只是有些事情，它们不当回事儿不记在心里，比如吃饭。"

我挑了两条很帅气的小黑鱼，尾巴像燕尾。

她笑着说，你们小男孩真的很喜欢买这种鱼。

那之后不久，我就放暑假了。尚未进入青春期的男生，在燥热的夏天里是待不住的。每天早上睁眼醒来我就想出汗就想出门疯跑。

我不记得我有多少天没有问过那两条燕尾金鱼的事儿了，等我某天下午忽然瞥到它俩的时候，发现它们都已经双双侧翻。我赶忙用网子拨弄了一下，还能动。我把鱼缸放在大驾自行车的车篮里，一路骑过不知道谁家门口弄来的沙砾，磕磕绊绊地赶到路口的金鱼店。

鱼缸倾斜，只剩一点水了，两条鱼一动也不动。

老板娘慵懒地起身，倚在玻璃推拉门上看着我，我说："啊啊啊它俩可能要死了,快救它俩一下。"老板娘接过鱼缸,把鱼丢在一个半盆满的水盆里,"它们已经不能放回原来的鱼缸里了,卖出去的鱼,其他鱼都认生了。"

之后我在她店里坐了好久,慢慢地我也不着急了,翻着那本她平时看的地理杂志。她先把我的自行车牵到店门口视线范围内,然后给鱼喂食,放氧气泵,最后在店后面一个水泥砌成的水池里,洗我端过来的鱼缸。

"这鱼缸真好看。平时不能用自来水养金鱼,早晨多晒晒太阳。没水了到我这里来取水,不用把鱼缸带过来,撞碎了怪可惜,塑料袋就可以。"
我点点头。
她还是短裤T恤人字拖,没有化妆唯独勾了一点点眼线,好媚,也好美。

于是那个躁动的夏天,躁动的男生一点也不无聊了。
我每天端着鱼缸在阳台看书,半下午的时候,啃着冰棍去街口的金鱼店取水。老板娘总会用一个类似保鲜膜一样的袋子,给我灌半袋子水,袋口扎紧,然后用她的黑色发卡,再在袋口附近戳几个洞。

有时候我也会用一个木篮子拎着鱼缸到她店里去,坐在吱呀作响的大吊扇下,发呆,看她看的杂志。
那是我人生以来第一次对异性有了情愫,我成年之后对异性有些许的恋姐情结,也大概缘于此。

荣格说:一个人毕其一生的努力,都是在整合他自童年时代起就已形成的性格。这句话我之前以为矫情,这两年渐渐开窍,想起以前的事情,也渐渐能想得通了。

老板娘有时候会撵我回家睡午觉,有时候会从抽屉里取出来几个硬币,让我帮她买两块雪糕一起吃,有时候会跟我讲那些杂志上的地名,很远很陌生。我问她:"你都去过吗?"她笑笑说:"我都没去过。"

不过夏天还是热与躁动的,但有所不同的是,从那之后我再也没有体会过,却一直在怀念着,那个夏天里流汗与静谧共处的感觉。
她的声音特别好听,在我们那样一个小城里,只有老板娘在用好听而慵懒的声音讲着普通话。

她是个外地女人。数年之前,跟着心爱的男人回到男人的家乡。但男人家里就是容不得外地女人，就是不可以娶她。
有时候一些小城的逻辑很可怕而大家都在以为理所当然。

男人顶不住家里的压力，再加上家里又给他物色了一个合适的本地姑娘，所有男人的尿性在这种情况下有了意料之外又意料之中的转折，男人放弃了这段爱情，给了老板娘一笔钱。
没多久，男人家里就大红灯笼高挂，鞭炮噼里啪啦。
老板娘就是在男人结婚的那天，租下这间破店面，改成了金鱼店。

这是那个暑假她断断续续跟我聊起来的，但多半都是我猜的，她是我见过最懒又最好看的姑娘，她讲话只讲半句。
我问她："姐姐你为什么要到我们这里来？你家这么远。"
她说，她喜欢的男人在对面的一条街上班工作生活，和老婆过日子，她想看看他。

"真奇怪，这几年我好像从来就没遇到过他。"
我说这一点也不奇怪，我们那个中学里的学生都住这附近，但假期里大家都见不到彼此。即使约架，也总有一方不来，根本看不见。
她笑我傻。

多年之后我看了《师父》这部电影，里面赵国卉的几句话让所有人印象深刻：
"今天我求一个人活着，这个人离我两百米。我念力不强，再远，怕不能应验。"
这句话一说出口，之前的所有影像呼啦啦地塞进我的脑子里，我同情这个女人，我同情这种女人。

她们不信命却认命，就像电影里的赵国卉，武侠和江湖与她无关，她却因为武侠和江湖奔走一生，变了命运。这是赵国卉这种女人的运气。
有人说知世故而不世故的女人才是真正的成熟。
这句话没错，但这是好命女人的运气。这种运气不属于老板娘，也不属于赵国卉。

《师父》的结局很出彩，生别永远比死别来得更加遗憾更加让人唏嘘，也更加耐人寻味让人思考。
看完电影之后我在想，赵国卉这辈子，如果没能找到陈识，那么她该怎么生活呢？
但其实在多年前还没有这部电影的时候，我就已经遇到上句话中问题的答案了。金鱼店老板娘的生活，就是在那之后，赵国卉的生活。

不信命，但认命。

这是我同情与心疼这种角色和女人的第一个原因，她们本该拥有普通的生活与爱情。对很多人来说这两样东西唾手可得，但对另外一些人来说，这两样东西难过登天。

那个暑假之后，不知道小区里怎样的风言风语传到我妈的耳朵里，我在跟一个外地来的脏女人混在一起，还是个没人要的女人。

啧。

电影能把一个女人的一生艺术化地演绎出来，但现实就残酷许多，我们甚至无暇回顾自己的人生，何谈别人？何谈外地女人？

那个夏天就这么过去。我开学之后一样上课吃饭睡觉，打游戏，看隔壁班好看的女孩，踢球约架。后来我们家就搬家了，以前的闹市区改了名字，不叫闹市区，叫 CBD 了。

金鱼店早就不见了。现在的人似乎越来越不喜欢养金鱼，因为金鱼慢。也许只有老板娘那种慵懒的人，才能跟金鱼完美地契合。

前段时间我妈忽然催我谈恋爱。还说，要找好女孩，然后，再对人家好。这句话的先后顺序，体现我妈一种根深蒂固的逻辑与哲理。

然后她像忽然想起什么似的，问我："你还记得以前老家，街口卖金鱼的女人吗？"

我没吱声，我妈自顾自地说着，"三十多了，听说又怀了孩子，跟着男人跑了。"之后我妈又啧啧地说了很多话，我没听进去。
我问我妈，以前咱家有个鱼缸来着？
不知道丢到哪里去了。
我有种松了一口气的感觉。

南京开始暖和了，一暖和起来我就又想养金鱼了。有个礼拜天我把南京的犄角旮旯都逛遍了，可能是我运气不好，没找到有卖金鱼的。
我问一个朋友，"哪有卖金鱼的？"
她说："我知道啊，我带你去。"

她的声音有点像多年前的金鱼店老板娘。
果然我们找到了一家，也很老很旧，主人是一个满头白发的老爷爷。
我说想要两条全黑的，尾巴是燕尾的。
朋友说，买一个黑的一个红的吧。

我们俩在路边的店里吃凉粉，我盯着手里刚买回来的两条金鱼发呆。

一黑一红,在塑料袋里游来游去。然后又忽然想起一件事,老板娘送过一本书给我,就是那本她经常翻的地理杂志。

那个暑假快要过去的某一天,我傍晚去她店里换水,她的店已经关门了,玻璃门里又拉上了一层纱帘。真奇怪,快两个月了,我第一次发现那里有一层纱帘。

我透过纱帘看到老板娘跟一个男人身体交织在一起,吊扇吱呀吱呀地摇曳着,或者是他们藤椅摇曳的声音,四周都是大鱼缸里氧气泵喷出来的气泡和游来游去的金鱼。

我扒着看,踩滑一个石子,发出声响。过了一会儿老板娘推开玻璃门出来,在那之前我脚底灌铅,一动也不动。
"我来换水。"我说。
她点点头,给我换了水,顺手摸了一本杂志给我,"送给你看吧。"杂志的封面没有签名,有一条用简笔画得很简单的鱼。不知道是不是她发呆的时候随手画的。

我把关于金鱼店老板娘故事的前半段,讲给我朋友听。
她瞪大眼睛说,好浪漫啊。

她问我,老板娘叫什么名字?

我一愣,说不知道,那本杂志上只有一条简笔的鱼。

朋友从包里抽出一个很小的日记本,问我有没有笔,问凉粉店有没有笔。都没有。她又从包里取出一支眉笔,在日记本上寥寥几笔画了一条鱼。她画画的时候低垂的头发和睫毛,都很好看。很轻快活泼,一点也不慵懒。

后来我想起来,鱼缸是被我回家亲手摔碎的,金鱼好像被我妈放在洗脸盆里养了几天也死掉了。

摔碎鱼缸的时候,我觉得我妈说得对,老板娘是个坏女人。

看完电影之后,我又觉得我妈说错了,好与坏,是个很流氓的词语,人们总在主观地使用它们。

老板娘是个烈女,就好像赵国卉一样,烈得忠于自己,忠于爱情本身。

荔枝不会回来了。

荔枝

可能是我以前看过太多武侠小说的原因,荔枝总嘲笑我的爱情观"渣渣"。

她说:"得了吧,你个矫情×,爱情就是爱情,什么也不是,不是玛丽苏的必需品不是屌丝的奢侈品也不是女神的廉价品,它就是一件可能发生的事,概率大于零小于一,跟它类似的一个事件就是,下一秒你会不会拉屎。"

我被荔枝说得目瞪口呆。

"还有啊,"荔枝说,"的确会爱上第二个人第三个人直到第 N 个人,这都不算完,你谈了恋爱结了婚生了孩子也不算完,你剃了头当了和尚也不算完,直到你蹬腿闭眼入土的那一刻,才算完。"

"你是说,这是件上瘾的事?"我顺着荔枝的意思说下去,却被她用遥控器狠敲了一下头。

"我真是烦你们这些事儿精,爱情就是个赶巧的事,你赶巧了,爱情呼啦呼啦天天来,你恨不得一秒爱上一个人下一秒又爱上一个人,你没赶巧,你这辈子也别想爱上谁也别想被谁爱上。听懂了吗?赶,巧。"

荔枝这个人,提起她,我的尴尬症就犯了。
她还说:"你就快爱上我了,忘了那个 bitch 吧,就像几年之后我也会成为你口中的 bitch 一样。"

荔枝是我认识的一个姑娘。一个薄皮大馅儿,哦不,鲜嫩多汁的姑娘。我跟她的爱情观完全相左,她说我"渣渣",我说她"酷",可还是相左。
我们俩曾经一度是失恋战线联盟。

去年夏天我在一个夜市摊上遇到她,那天她上身穿白色的衣服,下身穿红色的裙子,脖子白皙手臂白皙,大红唇。整个人都包裹在荔枝的白色果肉与红色果壳两种颜色之间。
所以我一直叫她荔枝。

她说:"你这个人好奇怪,我从来不吃荔枝,一股胶水的味道。"
我说:"你这个人才奇怪,我怎么可能会爱上你。"
荔枝总是自夸自己是做牛排的一把好手,但其实很难吃。

她喜欢买超市里切好片做好的牛排半成品,带回家,往平底锅里一放,打开煤气灶,放点油放点酱,正面煎三分钟,反面煎五分钟。
出锅。
牛排大王。

她每次请我到她家里去吃牛排的时候,总是一边吃一边数落我的爱情观。
我跟她讲我一直信奉比较古典比较武侠的爱情观。
她说:"渣渣。"

我说:"一个人,肯定会,也只会,遇到另一个人的。而那个人,肯定会，也只会，爱上这个人的。然后他们相爱相恨又恨又爱，你捅我一刀我刺你一剑，然后又接着相爱，再然后修成正果。"
她说："渣渣。"

我说，就好比古龙写的《圆月弯刀》，他笔下的丁鹏。在爱情到来之前他简直是个无敌小白，他什么也不懂，就知道练剑，找人单挑，虐人，然后继续练剑，继续找人单挑，继续虐人。困了就睡，饿了就吃面。某天他吃面的时候，忽然一个女子就出现了，导演跟那个女子说："你得转圈啊，转圈，围着丁鹏转圈，你还得讲话，讲话啊。"

"公子救我！"
导演说，不对不对，讲得再浪一点，感叹号变成波浪号。
于是女子大叫："公子救我～"
于是丁鹏第一次，吃面的时候掉了筷子。
这女子便是秦可情，惹人可怜。
于是丁鹏爱上秦可情了。

在那一刻他什么都不知道，只知道这个女子在他身边转了几个圈，浪叫了一声"公子救我"。
他不知道这个女子其实是有夫之妇，他不知道这个女子其实是设计来偷他的"天外流星",他不知道这个女子会让他武功尽失身败名裂。

他爱得一发不可收拾,他的绝招被偷走,他找人单挑却被虐,他武功尽失身败名裂了。
他开始恨秦可情。
可他还爱她。
一直一直爱。
因为他是大侠啊,因为这是武侠小说啊。

一个人,总会遇到另一个人,然后爱她恨她爱她恨她对她又恨又爱。其他人都是炮灰,是郭靖的华筝,是杨过的公孙绿萼、陆无双,是段誉的各种妹妹。统称炮灰。

然后他跟女主角,丁鹏跟秦可情爱爱恨恨,写武侠小说的人说:"停,收笔!"
导演说:"卡!收工!"
爱情结束。

我说完之后荔枝躺在沙发上笑得肚子疼,她哈哈哈的时间特别长我打出字来都会觉得一阵尴尬。我越过她的笑声望向阳台顶上的云彩,我觉得那天傍晚的云彩都被她笑得裂开了。

荔枝问我,是不是爱情还得轰轰烈烈。
我点点头,很认真地学东北腔,"必须地!"
荔枝继续哈哈哈。

第二天荔枝给我买了一个跟她一模一样的红色手绳,说,从今天开始你就跟着老娘我混吧,让我来纠正一下你这个矫情×。
于是那个夏天我过得像诗,像雾像雨又像风,像桃花岛像活死人墓像大理风光。那个夏天我听了好多五月天的歌。

荔枝跟我说,爱情没有什么可轰轰烈烈的,就像拉屎一样,轰轰烈烈呢,证明你肚子不好。
直到现在我对荔枝的这个比喻还是有种迷之尴尬,她为什么不能换一个文雅一点的事物?

每天早上她叫我一起去附近的公园晨跑,
她大长腿,跑得特别快,然后跟我打赌,谁跑得慢谁晚上遛狗的时候就负责捡粪便。
其实我每次都是故意跑慢的,不是我弱,真不是。

认识荔枝之前我刚失恋，顺便还丢了一只猫。不知道是我顺便没看住它，还是它顺便跟我前女友跑掉了。
我跟荔枝说我是下楼找猫的时候，遇到她的。
荔枝说，噢，她是下楼买姨妈巾的时候，遇到我的。

她喜欢喝汽水，罐装的可乐雪碧七喜美年达，美年达一定要青苹果味的。她外婆家就在附近，一片平时谁也不会注意到的矮楼。
荔枝说这样的矮楼现在在城里越来越少了，她拉着我爬到矮楼的天台上去。
我们一整个夏天喝的汽水罐都丢在上面，有一天我跟荔枝把它们收拾起来，摆了一个大大的飞机样子。

我觉得我们俩的爱情观，对于自己的生活而言，都是天生反骨。
我的生活可谓是极其平淡，平淡到枯燥，平淡到没有各种点，哭点泪点笑点都没有，可我竟然想追求轰轰烈烈的爱情。
荔枝的生活，在我看来挺有意思的，充满活力，大张旗鼓，大吵大闹又大笑，有哭点有泪点有笑点。
可她却说，爱情就应该是平平淡淡的。
"就好像拉屎。"用她的语气。

于是那个夏天，我狠狠地给了自己一巴掌。

因为我之前立下的 flag。

我跟荔枝说，我的爱情观是大侠啊，一个人，只能，肯定，也只会，遇到另一个人的。然后爱她。另一个人，也只能，肯定，只会，遇到他的，然后爱他。

我之前爱别人。

我以为就是那个她。

因为我的武侠爱情观告诉我，是她没错，因为你爱她。

可之后，我确实也爱上了荔枝。

还是荔枝说得对，的确可以爱上第二个人第三个人直到第 N 个人的。

她用亲身行动告诉我，她是对的。

这是一个让我们论证双方都参与其中的论证，一根木棒对另外一根木棒说，木头可以被火点着，另外一根木头说我不听我不听我不听，我不信我不信我不信。

于是这根木头拉着另一根木头在火堆中跳舞。

论证成立。

我跟荔枝说，我遇见她的那天傍晚，连着两天没吃饭，特别饿。

坐在阳台上就闻到楼下夜市摊上的炸酱面的味道，我就下楼，对老板说："来碗炸酱面。"

与此同时荔枝的嗓门更大，她坐在摊上的一把塑料凳子上，拍着塑料桌子，嚷道："老板我的炸酱面好了没！"

于是我侧目，注意到荔枝。

我想丁鹏可能也是这么注意到秦可情的。

老板从被火舌舔舐的大锅里盛出两碗滚香的炸酱面，端到荔枝的桌子上，"炸酱面~来~啦~"

老板也会浪叫，啧。

老板以为我跟荔枝是一起来的，一起来吃炸酱面。

于是我就跟荔枝对面而坐。

那天我第一次见她，一张塑料桌子，两把塑料凳子，头顶有一把夜市摊儿专用的油乎乎的遮阳伞，旁边有一条路，路旁有一片灯光昏暗的老小区，四周是一股夏夜里热闹的烧烤味，我对面坐着一个陌生人，她上身穿白色，下身穿红色，肤白貌美大红唇，好像一颗荔枝。

她背后不远处有一个川流不息的高架桥，高架桥的背后是黑夜，还有半块月亮。

荔枝抬起手臂，手上的红色手绳慢悠悠地滑到小臂上。"老板，拿两瓶汽水儿！"

我跟荔枝说起这些的时候，荔枝又在喝汽水。

她打了一个很不淑女的饱嗝，然后说："你果然是真矫情啊。我遇见你的那天，下楼买姨妈巾，吃饱晚饭嘴馋了，又想吃一碗炸酱面。"

不过我们俩都一样，那之前不久双双失恋。

其实荔枝讲给我的道理，都是说半句藏半句的。

人是可以爱上第二个人没错，于是我爱上荔枝。

但人也是可以一直爱一个人的，这也没错，因为某天荔枝忽然对我说："对不起，乔，我还是忘不了之前的那个 bitch。"

我说："什么？你是拉拉？"

荔枝摆手说："不是不是，男 bitch，小王八蛋。"

于是在那个夏天荔枝也打了脸，啪啪的，因为她之前也立过一个 flag 说，可以爱上第二个人的没错。

我跟荔枝的爱情观都有了改变，我变成她的，她变成我的。

前几天我发小生病挂水,我陪她重新看了一遍全智贤那个很老的爱情片,《我的野蛮女友》。看到最后全智贤站在山坡上对另一个山坡上的牵牛哭着喊:"我原以为我与众不同,其实我只是个无助的女孩。"

看到这里我一下子就想到荔枝。
我已经有很久没有见过她,也不知道她去哪了。
看完之后发小跟我说,其实这部电影的结局,如果是牵牛跟女主角并没有相遇呢?世界上哪有这么巧的事?

牵牛的姑母并不认识女主角,更不是女主角死去的爱人的妈妈,自然也不会在影片最后把女主角介绍给牵牛。
所谓"来自未来的爱人"其实都是女主角的幻想,一切都是另外一批人。
就好像《少年派》那样,第二个结局往往更残酷也更真实。
发小拍拍我肩膀说吃饭了。
荔枝不会回来了。

▶ 唱给下一个地方听

2000年岁末,许巍发行第二张专辑《那一年》,里面有首歌叫《故乡》。那一年我六岁,刚结束忍不住抠鼻屎偷吃的人生前五年,对一切味觉有种大彻大悟的惨淡。那一年我还没听过《故乡》。

新年过后,我们小区里来了第一个外地人。大家都说他是外地人,因为他说普通话,因为他有长长的头发,发梢有些往里收,与突出的喉结打成一片,伴随着他喝酒喝茶时,上下蠕动,也伴随他弹琴唱歌时,上下震动。这是我第一次留意一个非同龄人非家人的存在。

外地人姓许，真假不知道，反正是他自己说的。中学之前我叫他许老师，中学之后我叫他老许。老许在我们小区旁边开了一家吉他琴行，卖吉他也教人弹。

吉他是我接触的第一个乐器，也是为数不多的乐器之一。老许说，我是个幸运的小孩，以后我就会知道。老许说，他接触的第一个乐器是唢呐，我是怎么也没办法把穿白衬衫长头发一天有二十个小时低着头，从来让别人看不到他眼神的老许，跟唢呐联系在一起的。可事实就是这样，不管你联不联系得到一起，该发生的，就总会那样发生。

所以说你人生的主角从来就不是你自己，也不是你的家人与所爱之人，而是你的命运。这句话是陶樱告诉我的。中学之前我叫她陶樱姐姐，中学之后我叫她陶姐，再后来她跟老许在一起，我叫她小陶。这是老许逼着我这么叫的，老许说，一般老 A 的女朋友总会叫小 B，这是人生的哲理，老 A 与小 B 总会不期而遇然后没羞没臊地生活在一起。

2008 年我读初二，时隔八年之后，我第一次听到《故乡》这首歌，出自老许之口。陶姐说她也是第一次听,之后没多久,她就叫小陶了。所以说,尽量别对女人做出什么于她们而言是"第一次"的事情,除非你真的打算彻底地被她们爱上。小陶特爱老许,就好像六岁之前的我,在独处的时候对鼻屎的执念一般。

但其实这个故事压根就没我什么事,我只是一个见证者与旁观者,跟我们小区里的张叔王姨刘瘸子一样。昨晚我本想在碎片化的节点之间编造一些情节,使它成为一个完整的故事,有曲折,有起因经过和结果,可是我睡得太快,醒来之后我才感觉到,人生里面真实发生的事就好像我的"沾枕头就着",往往是没有什么起因经过,没有什么曲折的。

2008年夏天里有奥运会,那一年我刚开始玩儿地下城。有段时间被我妈追得挺紧,就把老许的琴行当作躲避的据点,在他琴行的小电视里,看完整场开幕式。
开幕式的走过场显得很无聊,每个人都是八颗牙的笑,导播一直在说来自哪里的谁谁谁们正在向我们走来,我看得索然无味。

老许拍了一下我的肩膀说:"小伙子,看个电视背挺得蛮直嘛。"
我嘿嘿笑了,说不是我挺得直,是我穿了背背佳……

那一年我们这个城市刚开始流行背背佳,当有了一个前所未有的东西摆在你面前的时候,你忽然一拍大腿发现,哎哟卧槽!我不就正缺这个东西嘛!

那一年我们整个城市,背背佳的销路奇佳,似乎是受奥运会的影响,每家的家长们都觉得,自己家小孩的背总也挺不直。于是摆到家长们面前的是背背佳;于是摆到老许面前的,是他好几年没提及过的故乡;于是摆到小陶面前的,是她的"第一次",也是她对老许的爱。

老许有个放浪不羁的习惯,当他来兴致的时候,会直接把凳子搬到琴行外,正对着马路,开始嗷嗷唱歌。弹着吉他,甩着头发,抖着喉结,所有人都在看他,而他只看着小陶一个人。

其实他看着小陶是有原因的,那天小陶也凑巧来他的琴行玩。
老许说:"我要出门弹首歌,可是不记得歌谱与歌词。"
我说:"好啊好啊!我帮你举着谱子拿着歌词吧。"老许说:"你太矮了我看不到,就小陶吧。"
小陶说:"好啊好啊,就我吧。"

老许那天弹得太投入,唱得太投入,老许终于开始意识到自己是个

"有些人诞生在某一个地方可以说未得其所。机缘把他们随便地抛到一个环境中，而他们却一直思念着一处，他们自己也不知道坐落在何处心故乡。"

异乡的浪人,他的第一次《故乡》,真的是弹给自己的家乡。

可小陶觉得老许在直勾勾地盯着她看,一边看,一边还甩着头发抖着喉结唱着"你是茫茫人海之中我的女人",小陶举着歌词谱子举得喘不过气,心脏上蹿下跳,她以为这首歌是老许弹给她的。

所以小陶的爱情,来得比老许早。

但不管怎么样,他们俩的爱情,或者说是恋爱,还是开始了。

恋爱的时候,小陶总想让老许给她唱《故乡》。因为我觉得女人所谓的谈恋爱,其实就是在未来的几年甚至一辈子当中,不断重复她们第一次爱上的"浪漫"。

可老许总是不愿意再弹这首歌。

小陶有时候会跟我抱怨,抱怨老许不愿给她弹《故乡》了。

那一年我上高中,开始真的把老许当哥们,把陶姐当小陶了。

我问老许:"你爱小陶吗?"

老许说:"爱啊。"

我说:"那你干吗不弹给她听?"

老许说:"也没这么爱吧。"老许说:"你不懂,其实许巍的这首歌,根本不是在说家乡,是在说女人。可能把一个女人比喻成'故乡',这种爱和比喻太沉重了,我给不起,小陶也受不起。"

这是到目前为止，我所能理解的，最接近于我们平常所说"真爱"的表达了。

曾经看过一个问题"真正爱一个人是什么体验"，大概就是"故乡"吧。

没有什么花里胡哨的话与浪漫到让人怀念的场景，就俩字，故乡，她就是故乡。

可又有多少人能体会到这种感觉呢？

我没体会过。

老许说很少有人体会过。

但我觉得小陶可能体会过。

所以一场恋爱之后，爱情双方的博弈，从来都是不对等的。

小陶以为自己是老许的故乡，可老许根本就不是唱给她听的。

后来有一年，小陶生日，老许来到我们这个城市的第九年，认识小陶的第四年，他终于把这首歌，又唱给小陶听。

我问老许为什么，老许说他也不知道，不知道是这首歌变得不重要了，还是他有那么爱小陶了。

没过多久，2009年的秋天还没过去，老许就走了，是突然走掉的，拉下了琴行的卷帘门，把几把吉他低价转手随便一卖，就那么走掉了。

所以他也跟小陶分手了。

看吧，现实情况就是这样，并不是所有的爱情故事，从生到死，从弱小到茁壮成长，都是有原因的。

还好我有老许的一些联系方式，比如博客。

虽然他动态更新得很少，但我还是能够从一些图片中大致捕捉到他行踪的蛛丝马迹。

2012年我高考结束，有天晚上，我跟老许在QQ上聊天，我问他当年怎么说走就走了，老许说他也不知道，就是觉得没什么必要再待下去，也不能说是没什么必要，就是觉得"可以走了"而已。

老许说那其实是他第一次出远门，不知道为什么，就留在我们这个城市了，一留就是八九年。其间他无欲无求过，也挣过钱，也想过家，也爱过人。

到后来，他觉得，可以走了。

现实情况还是这么简单，该发生的总会发生。

老许说，有次他从湖南坐车到江西去，过一个很长很长的桥洞的时候,隔壁车里,不知道是乘客,还是客车里的电视上,就放着《故乡》。那是他时隔好多年又好多年之后,再听这首歌。

湖南也是他短暂停留的地方,当然江西也不是他的家乡。

老许说他忽然就明白,以前啊他唱《故乡》,根本不是唱给家乡听,也不是唱给小陶听,不是唱给自己所生所长之地听,也不是唱给自己的爱情听。

我问老许,那是唱给什么?

老许说,是唱给下一个地方听。

我在 QQ 聊天框里打:"哈哈哈哈,老许你又装×了。"

老许说:"是吧,哈哈哈哈,总是戒不掉。"

后来又过了那么一两年,我看毛姆的小说,忽然想起老许,想起他的《故乡》。

毛姆在小说里写:"有些人诞生在某一个地方可以说未得其所。机缘把他们随便地抛到一个环境中,而他们却一直思念着一处,他们自己也不知道坐落在何处的故乡。"

看完这句话,我脑子里浮现出老许,他坐在从湖南开往江西的客车上,桥洞里漆黑一片,乘客懒睡成一片。老许也懒懒的,手机灯时不时照亮他的眼与喉结。然后隔壁汽车也疾驰而过，几句歌词忽然飘到闷热的客车里来。

老许肯定听到了，但他肯定不会像电影里或者小说里说的那样热泪盈眶，那样太不真实，但老许肯定忽然就懂了。其实老许跟我一样，跟我们所有人一样，都是过了很多年之后，才懂得很多年前的事。老许肯定无奈地笑了，又觉得怅然若失了，就好像六岁那年的我，被告知再也不能抠鼻屎来吃，一样。

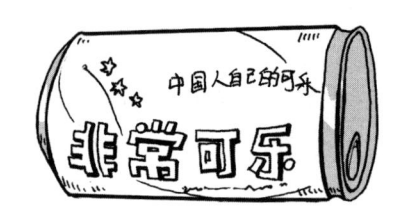

世界上总有另一个你，和过着跟你一点也不一样的生活。

⚑ 可乐，赵可乐

2000 年我六岁，小万也六岁。那年他第一次喝可乐。我带他的，没买到可口可乐，喝的非常可乐。他说他妈妈不让他喝，说可乐是苦药，喝多会长不了牙。

我一口气嗦了半瓶，他跟着我也嗦了半瓶。

"啊——"这是小万可乐初体验之后的第一句评价。

第二天，他妈妈便上门来质问，为什么我要带她家儿子喝可乐，搞得小万回家一直嚷着要可乐喝。我一边被我妈拧屁股，一边冲他偷偷做鬼脸。从那之后，小万对可乐有一种谜之渴望。

2000年下半年，我们俩开始上小学。他学会写的第一个字是"可"，第二个字是"万"，第三个字是"乐"。我学会写的前三个字是，"大"，"王"，"乔"。现在回想起来的时候，我都庆幸是"乔"不是"八"。

2003年，我三年级，小万跟我同班。三年级开始写日记，我们都用学校发的劣质格子纸日记本，日记本的封面就是"日记簿"三个印刷苍白的大字。小万的日记很单调，每天都在控诉着自己与可乐之间的离别愁绪与苦怨：
"今天又没喝到可乐不开心。"
"好想在可乐里游泳。"
"今天偷偷买了可乐。"
"以后我要做一个节俭的小孩，偷偷买来的可乐分两天把它喝掉。"

那年的六一儿童节之前，学校组织往青海募捐，我往箱子里塞了好几本没做完的练习册，小万一边唏嘘一边把日记本塞了进去。
我说："你不写日记啦？"
小万拍拍胸脯说："我马上就四年级了，要把思念放在心里。"

2006年,我跟小万升初中。那时候我们还不认识一个叫赵可乐的女人,当然她也不认识我们。那一年她十八岁,在天津读高三,毕业考去青海大学。她第一次去青海湖旅游的时候就丢了钱包相机与手机,被路过的好心人带到家里暂住。

那是很贫穷的一家人、一村人和一镇人。全镇唯一一个小学是江苏某项目对口援建的工程,小学里的一切设施包括学生的书本文具,都来自募捐。赵可乐返回学校,被青海湖的经历触动,开始参与支教工作。

同样在那一年,"非常可乐——中国人自己的可乐"在我跟小万的那个城市消失,我们每天骑着自行车穿梭在学校与小区的街道里,喝着百事或者可口可乐。

2008年夏天,北京奥运会。
青海省倒淌河镇某希望小学,收到了募捐的电视机,由广播站帮忙安装在学校的一间废旧教室里,给孩子们看奥运。在安装之前,学校请几名支教的大学生帮忙整理那间教室,那里原本是堆放募捐物资的地方。有些用不到的,或者是不需要的物资,被留在那里。

大二结束的赵可乐没有回天津,而是去那所希望小学当志愿者。她在整理教室的时候打开了一箱"江苏省××小学"捐赠来的物资,9号箱。箱口上面显示2003年这箱物资便已经捐到这里,只是暂无用处便堆放至赵可乐整理的那天。

里面有几本童话书,几本画册,几本没有写完的练习册,最底下竟然还有本日记。忙碌半天的赵可乐坐在凳子上随手翻开那个"日记簿",翻到第一页她就笑了,上面只有一行歪七扭八的字:"今天又没喝到可乐不开心。"

赵可乐的名字被她老爹当作儿戏一般就取了个"可乐",别人听完她的名字都会问她:"你大名叫啥?大名。"

于是那天下午赵可乐仔细地翻着已经写完的那本日记,里面每一页都有她的名字,而且一页不止一次。赵可乐把这本"日记簿"擦干净,装进自己的书包里,她背着走的时候感觉书包里满满当当都是自己的名字。

2008年夏天,我跟小万刚读完初二,缩在家里看奥运会的每一天,空气都是气泡味儿的。那年夏天可口可乐第一次出了"揭金盖,赢大奖"的活动,我妈还有小万的妈妈逛超市时,每人买了一大箱可乐堆在家里。

2008年的夏天简直是我跟小万的人生狂欢。某天下午跳水队又赢了金牌,小万开了一瓶可乐号叫道,"再来一瓶!"不过了一会儿他表示,不想兑这个瓶盖了。他把瓶盖上的生产日期戳给我看,"2008年8月8号,有纪念意义。"

2010年深秋,大学毕业的赵可乐在北京某公司的总经理办公桌上,拍下一份辞呈,那是她刚上手才几个月的工作。
老总问她为什么辞职?待遇不好吗?
赵可乐摇头笑道:"我就是受不了这样的生活跟自己,与旁人无关。"

第二天她在租的房子里睡了一整天,当晚收拾行李,一部分寄回天津老家,一部分带走。
第三天她出发去机场,飞青海。她先是再回到那所希望小学支教了几个月,然后沿着青海湖周边一边旅游一边打些碎工挣钱。

那一年她开了博客,写了很多文章,拍了很多照片。
半年之后,她在倒淌河镇附近开了一家小酒吧,说是酒吧,酒不多,也卖饮料,小酒吧的名字就叫"赵可乐"。她一边卖唱,一边经营小店,维持生计,生活也算开心。

那年我跟小万读高二,某天夜里晚自习,我正死抠一个三角函数题的时候,小万转脸跟我说:"欸,我不想读了。"第二天他就跑到校长室要退学,第三天被老爹拎着耳朵又揪回学校,写了一下午检查,继续读书。

2012年一开春,赵可乐失恋了。一年多前她认识了一个来青海湖旅游的文艺青年,那青年在她店里蹉跎了一年,蹭吃蹭喝,给赵可乐画不像的画像,给赵可乐写不着调的诗。

可偏远地区生活实在单调,文艺青年其实骨子里都是耐不住的寂寞与单调。你越表现什么,便越怕什么;就像高调,永远是不自信的表现。这一点,赵可乐一直看得很透。所以分手后她直接将这页翻篇儿,她拿出这两年的积蓄,给小酒吧重新装修了一番。

有天下午她盯着墙上自己用水彩笔手写的酒水单,很不满意。当天晚上她在书柜里翻啊翻,总也想不到满意的菜单创意。忽然从书柜最顶上拿到一本"日记簿",里面都是歪七扭八地写着"可乐这样,可乐那样"的小学生字体。

赵可乐一拍脑门,准备就用这日记本,当作菜单框的背景底色。她裁下来好几页纸,去很远的镇上扫描,放大,彩印。
第一张菜单的题目叫"今天喝了可乐好开心",下面是一列可乐搭配各种水果的酒水单;
第二张菜单的题目叫"好想在可乐里游泳",下面是一些她力所能及自制的冰淇淋或者冷饮的名字;
第三张菜单的题目叫"不喜欢喝酸奶",下面是一些小食甜品。
……

这些菜单都是那本日记的某一页,歪七扭八的字,被扫描放大后,用镜框挂在吧台后面,咖啡色颜料刷干的墙上。赵可乐请人给她的店牌子也换了字,"赵"字她自己写,字体清瘦而好看;"可乐"两字继续摘自"日记簿",字体幼稚而傻×;整体看上去倒也显得文艺而活泼。

那年夏天,我跟小万高三毕业。我们都留在了本地读大学,我俩都是怕且烦折腾的人。那年夏天南京开始大街小巷流行小龙虾,小万在某一个醉醺醺的夜晚的夜宵摊上,发明了史上最恶心最重口最暗

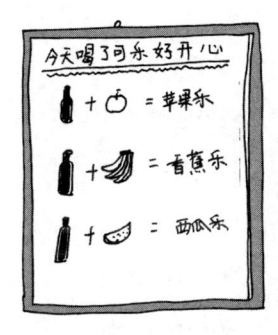

今天喝了可乐好开心	好想在可乐里游泳	不喜欢喝酸奶
🍶 + 🍎 = 苹果乐	🍧 自制芒果冰	🍪 饼干
🍶 + 🍌 = 香蕉乐	🍦 香草冰淇淋	🍘 锅巴
🍶 + 🍉 = 西瓜乐	🥤 招牌柠檬茶	🥜 花生
	☕ 咖啡	🍟 薯条

店主小乃回忆起那天，鬼使神差地被丢在倒淌河。鬼使神差地来到这条一般热闹的街，鬼使神差地看到这家"越可乐"店。一切的一切都好像时光隧道。

黑的可乐新喝法，他把几勺十三香龙虾汤倒进可乐杯子里，一饮而尽，然后跑到旁边的灌木丛里哇哇地吐。

那一年，小万也失恋。初恋。

2015年秋天，我跟小万大三。秋天小万买了帅气的冲锋衣与登山靴，然后他对我说："咱俩去青海湖玩吧。"于是乎，我当他爸爸，他冒充我爸，分别给学院领导写了病假的假条。

小万给我写，近视，做激光手术；我给小万写，脑残，做开颅手术。神奇的是，院里双双批了我们假，临走那天还特地派辅导员来表示慰问。我们都表示在住院期间一定不会落下学业，辅导员摆摆手说："还是好好休息吧你俩，一个不能用眼，一个……不能用脑。"

于是我们在禄口机场坐飞机呼呼往青海赶，下了飞机我们便在附近溜达，在一个小卖部里买了两罐假可乐。几口之后气泡全无，感觉像喝糖浆。在赶往青海湖的大巴车上，无数的文艺男青年女青年都嚷着要在倒淌河附近停一下，要拍照，要呼吸，要看世界。我跟小万也跟风嚷嚷，要尿尿，要尿尿。于是司机在倒淌河景区停下了。

我跟小万提溜着皮带就往下跑。可是厕所太远又太迂回，我们撒完尿回来的路上迷了路。带队的司机不知道费了多大的力气才联系到我们，给我们打电话说不好意思，一车的文青们要奔赴下一个景点看世界，让我们在倒淌河镇住一晚吧，第二天早上，派车来接我们。

我们表示 OK，fine。与此同时的那天晚上，是赵可乐的酒吧，10月份第三次进货。她独自一人卸下两箱可乐后，蹲在酒吧门口抽爆珠。她穿着浅蓝色的衬衫，脖子很细，锁骨很直，细脖子与直锁骨之间，有一个闪亮好看而优雅的项链，跟那整条街的气质完全不搭。赵可乐从 2015 年开始不扎马尾也不披肩发了，她跟着网上学绾发髻，慢慢熟能生巧，绾了好多好看的优雅的发髻，开始走轻熟女路线。

那天晚上当我们站在倒淌河镇附近的那条街道上的时候，小万一边吃着第六串烤腰子，一边捅捅我说："你有没有觉得这条街，特别像小时候市驾校旁边的五七市场后面的街。"

我点点头说像。的确挺像的，不长，直，通透，站在一头可以望到另一头。于是我们沿着街道走啊走，走啊走，那个过程中，我们还不知道赵可乐开始做那天晚上的第五杯"咸柠七"。

终于我们站在"赵可乐"酒吧的门口。

后来小万回忆起那天,鬼使神差地被丢在倒淌河,鬼使神差地来到这条一般热闹的街,鬼使神差地看到这家"赵可乐"店,一切的一切都好像时光隧道。十二年前我们站在市驾校旁边五七市场的门口,全是自己三年级时候的影子。我无法用语言形容,那天晚上小万看到自己的"日记簿"、自己的"想在可乐里游泳"穿越时间与空间,出现在十二年之后的两千里之外的地方时,是怎样的心情。

他痴汉的脸上从蒙圈到不可思议到惊喜,再到后来赞叹命运巧合的神情,像交叠打出的一张张扑克牌,一张张扑克脸,多变于意料之中与意料之外。

赵可乐则一直双手撑在吧台上,站着听我们讲话,听我说我们此行青海湖的遭遇,听小万说:"啊啊啊,我要不要版权,啊啊啊,这真是我的字,啊啊啊,你别怕我们不是坏人,啊啊啊,缘分哪!"

她时不时地咬一口吸管吸泡了薄荷叶的可乐,一边笑,笑得又俏皮又成熟,好像精致的脸上又嵌上两个俏皮的酒窝,好看得很。这算是我经历过的,最像段子的故事了。小万自然是喜欢赵可乐的,因为赵可乐好看,因为小万喜欢好看的女人,这在逻辑上无懈可击。但他们最终也没发生什么故事,这在现实上当然也无懈可击。

几天后，在西宁格尔木机场的等候区，我跟小万一边吃泡面，一边喝"雷碧"，小万说以后还是少喝可乐吧，最近牙酸得难受。在倒淌河的那几天，小万还透露给我一个秘密。2008年夏天他珍藏的8月8号生产的再来一瓶的瓶盖，第二天一大早还是被他给兑了。
临上飞机之前，小万收到赵可乐的微信消息，说：
"你小时候关于可乐的梦想，过了十几年过了几千公里，总有人帮你实现了吧，小万。"

"以前我觉得不可思议，现在我相信，世界上总有另一个你，在过着跟你一点也不一样的生活。我这里就有另一个你吧，小万。"
"不知道如果我再回到城市去，会过怎样的生活呢？"

小万回她说："你别犟了，总感觉你有一天会回来。记得告诉我，请你喝龙虾汤加可乐。你来之前就先别喝可乐了啊，赵可乐。"

这该死的假记忆

初二那年，我曾在QQ上化名"小咩"，跟我的男物理老师眉来眼去一个多月，这大概是我经历过最能称得上骗局的骗局了。

初二时我有个很好看的同桌。那时候我们流行"选座制"，一整班的人在班会课上集体出去，然后按照最近一次考试的排名，一个一个进来选自己想坐的座位，从第一名到最后一名。

那时我成绩还可以，进去的时候教室里空空如也，我选了一个靠近窗户的位置坐下来。之后同桌走到我身边坐好,窗外有人咳嗽。同桌说:"我本来想选这个靠窗的位置,谁知道被你先选走了,那我就坐你旁边吧。"
我扯了书包起身,我说那咱俩换一下吧。
窗外依然有人在咳嗽。

那年教我们物理的,是一个口碑极差的老师。四十几岁,酒糟鼻,谢顶,满脸高原红,永远擦不干净的眼镜片,上课时候喜欢摸女生的头发,喜欢把女生叫到黑板上做题,把手搭在她们的肩膀上。他特别喜欢叫我同桌上去,他看我同桌的眼神好像丑陋的野兽看到猎物。

有天早上刚到教室,同桌忽然慌张地对我说:"怎么办啊?物理老师给我爸打电话说我物理成绩好差跟不上学习进度,让我去他家补课。"
我说:"你别担心,你别担心。"

那天晚上回到家,我问我妈要了两百块钱,说:"物理老师让我还有别的几个后进生留下来补课,每天放学在他办公室里再上一节课,两百块是补课费。妈你可千万别跟别人说,这钱是物理老师偷偷收的。"

我妈赶忙塞给我，说成绩能搞上去就行。

第二天下午放学，我把自行车甩在校门外锁好，跑到两条街外的一家网吧。里面烟雾缭绕我其实很不喜欢，吧台里的小姐姐一边修着指甲一边听着 MP3。我啪地拍了两百块钱在桌子上，冲会员，冲两百。小姐姐又是笑又是弯腰又是送我营养快线喝。

于是我注册了一个 QQ 小号，头像是系统配发的紫发女孩，头上戴着一朵小花。

就是这个。

我想那就起名叫"小咩"吧。我同桌喜欢画羊，她上课没事的时候就在课本和本子后的空白处画简笔的羊，一边画一边眨眼睛，又认真又好看。不过我到现在都不知道她的羊是怎么画的，因为我不敢偷看她太久，我总觉得她给羊用圆珠笔点出来的小眼睛一直盯着我看。

我在班级群里搜到物理老师的 QQ 号，加好友，并留言："最帅的物理老师,我可以请教你一个问题吗?"

半分钟之后,网吧的大耳机里发出"咳咳"的声音,盖过了我在听的《七里香》。

于是我的骗局基本就开始了,我说:"×老师,我是咱们学校的学生,虽然您不教我,可我偷偷听过您的课,我觉得您讲课的样子好帅,我想问您很多很多的物理问题,可是我又不敢当面,我能在这里问你吗?"

然后我又发了一个"QAQ",恶心了自己大半天。

物理老师的头像是这个。

初三之后,我一度对戴墨镜的男子和梳辫子的男子有极其的厌恶感,所以我从来不听《好汉歌》和《我和你》。

物理老师说,当然可以来,那你告诉我你叫什么名字吧?

我那天没有现场编好名字,我马上回过去,名字还不好意思告诉您,我太害羞了,我能叫你哥哥吗?

墨镜头像快速地"嘀嘀"响起来,说当然可以了我的好妹妹,你也别说"您"了，说得咱俩都疏远了。

于是我就开始百度一些物理题目，大概都是某某年某某地中考卷。他也真的耐心地给我解答，每次他跟我讲完一道题目，我都会发出很多个心的表情，"哥哥你真的是太帅了，这道题我终于弄懂了，我要是在你面前会忍不住崇拜你的。"

物理老师回说："那你就放学之后到哥哥办公室来吧，我慢慢教你做题。"
我忙说："哎呀，我会害羞地听不进去的。"
物理老师回复："傻妹妹，你在想什么呢？"说完发了一个玫瑰表情给我。

我们就这样你来我往地聊了好久，每次吧台的小姐姐都会送一瓶营养快线给我，她说这是会员的礼品，可是我并没有看到别的网吧会员有这种礼品，整个烟雾缭绕的网吧里，只有我一个人喝着奶，在QQ上与人谈论着物理题。

之后"小咩"跟"墨镜男"聊得越来越大胆，每次物理老师在QQ上讲完题，都会发一个玫瑰，我也会回一个红唇给他，现在想想我曾经是一个拥有大红唇的十四五岁的大男孩，就羞耻得无地自容。

有时候物理老师会说很多猥琐的话，我总会发些偷笑的表情，然后晾他个十几分钟。中年猥琐男子被"小咩"撩得神魂颠倒。
那段时间我们进行了一次月考和一次期中考，我的物理两次都是班级第一，有一次还得了满分。

物理老师说："你看看人家乔同学，平时上课跟个呆子似的，考起试来这么棒。"
同桌笑着用圆珠笔敲我一下头，说呆子。
物理老师是个很贪婪的人，他拥有"小咩"依然不满足，时不时地摸我同桌的头发，仍然叫同桌去他家补习物理。

直到最近几年才发现，我其实有很强的占有欲。不然我为什么不写上同桌的名字，或者叫她小咩，而是只管她叫"我同桌"呢？因为她是我的，我的同桌。于是我想我的骗局可以收网了，某天我吃过晚饭，对我妈说有东西忘在学校，要回去拿一下，骑上自行车就往网吧杀。

那天网吧爆满，好多隔壁楼的初二小孩在一起打 CF 跟地下城，我绕了老半天找不到机子。于是我又重新回到吧台，我跟小姐姐说："我能借你的电脑用一下吗？不过你不许看我在用什么。"

小姐姐笑着说："你还挺神秘的，不过你最好要快一点，被老板抓到就完蛋了。"

我一边点头，一边伸手接过她又塞给我的一瓶营养快线。

于是我上线，给物理老师发消息：

"哥哥，这么晚打扰你，你睡了吗？我最近总是心神不宁，总是想起哥哥，我虽然年纪小，但我想偷偷地告诉你，我喜欢上你了。可这样是不对的吧？因为哥哥你是我的老师。今天我实在没忍住，我把我们的事情告诉了妈妈，我以为妈妈会理解我的，谁知道她非常气愤。我们的聊天记录被她看到了，还有那些哥哥对我说过的坏坏的话（其实有的时候我还蛮喜欢哥哥那些坏坏的话的QAQ），妈妈说明天要带我去找咱们校长，要把这些聊天记录给校长看，怎么办啊？哥哥，你会保护我吗？你会跟我远走高飞吗？你喜欢小咩吗？"

然后我下线，我知道这是我最后一次登"小咩"这个号了。我在吧台上放了一个有几个水钻的发卡，头顶的昏暗灯光一照，也显得亮晶晶的。然后我把网吧小姐姐喊过来，说这个发卡送给她。

她瞪大了眼睛瞧我，说："这就是你要用我电脑，还不让我看的原因？"

我点点头，笑笑。

她伸手揉揉我的头发，说傻孩子。

我说："你干吗总是送我营养快线，其实每次都是你自己掏钱买的吧。"

她说我这孩子很奇怪，在网吧学习，送我补补脑子。

我说我以后不来了。

她点点头说猜到了，不然也不会送她发卡。

然后我就走了。

那个发卡是我从家里顺出来的，我妈晚上散步喜欢逛小摊买些亮晶晶的东西，其实她也不戴，而且一点儿也不好看。

发卡是一对，一个送给了小姐姐，另外一个……

第二天我早早到学校，溜进办公室，把另一个放在物理老师的桌子上，发卡下有一张彩色的便利贴，写了一个"小咩"。

后来就再也没见过物理老师，听说他那天一到学校就请了假，说家里有急事，紧接着他又请了长假说自己摔断腿需要静养，直到我们中考之前又重新见到他。

其实关于骗局，中考前同桌告诉我，她并不是想坐到窗户旁，她就是想坐我旁边。

考前那天初三的学生都把桌子一个一个拖回家，校园里全是红漆色的课桌和密密麻麻的人群。门口有人叫卖，十块钱收一张课桌，虽然便宜，但没人想再把它扛上自行车带回家。卖了课桌之后，几个基友说咱们考试前最后去一次网吧啊，我点点头跟他们一起。

我们又去我用"小咩"问墨镜男物理题的那个网吧，可是吧台的小姐姐不见了，我问网管，网管说她早就不干了。

考完试的那个暑假，就跟从小到大的每个暑假一样，比一块雪糕融化得还要快，转瞬即逝。我没再见过物理老师，没再见过同桌，也没再见过网吧的小姐姐。

我总觉得自己失忆过，哈哈哈哈哈，这该死的假记忆。

▶ 青蛙不在温水里

五年前我高二,那一年某天傻×的教导主任忽然发布了一条新校规,"高二高三的同学,午休时间不要回寝室了,在教室里自习吧。"那时候已经快期末,夏天了,午休的时候我举手问班主任,窗户外面的知了太吵,我睡不着啊。

班主任说:"谁让你睡觉的,你就这么困啊?蹲到后面做题去,蹲着就清醒了。"于是我成功地蹲到屋后。
人齐了。算上我,屋后总共有六个人,六个老熟人了。

那时候我们都是风一样的中二少年，攒了几次买练习册的钱，定了六身假的 AC 米兰球衣，每天一到宿舍就脱校服换上球衣，曾经创下一个礼拜踢破三块儿玻璃的纪录。

那个知了不停吵闹的中午，我们决定偷偷溜出教室，溜到操场，校服里面套着球衣，在烈日炎炎下酣畅淋漓地踢一场球，躲着各路眼线各路保安，做六个大汗淋漓的傻×。

我们理科班的教室在四楼，没有树的遮挡风会从后门鼓鼓地吹进来。班主任也开始打瞌睡了。
我们蹑手蹑脚地跑下楼，围着高二高三的教学楼各绕了一圈，穿过食堂，直奔操场。那天中午真的特别热，学校的操场质量很不好，我们也没时间换球鞋，十分钟之后板鞋的鞋底都被磨得发软，滚烫。

我一脚断下球，感觉贝尔附体，我冲着守门的坦克说："你准备好，我要射门了。"
那是我在高中时代的最后一次射门，没射成，差了零点零一秒，人生中有很多零点零一秒，零点零一秒之后下课，零点零一秒之后交卷，零点零一秒之后隔壁班花会从教学楼里捧着书包戴着耳机走出来，零点零一秒之后，教导主任也会奇迹般地出现在操场，阻止我的发射。我是说，阻止球的发射。

本来束手就擒也就罢了，结果飞机抓起球就跑，一边跑一边冲我和坦克他们叫喊："快跑啊傻×，那个傻×就要追上来了。"
我们呼哧呼哧跑到学校大门口，又围着停车场保安室绕了几圈，最后爬上一个废弃的教学楼。那栋教学楼很老，楼梯在外面悬空着，环绕上去，一层一层，一转一转，就上到了楼顶。

太累了，我们六个人都把衣服脱了，赤膊，所有人的身材都很差，有的骨瘦如柴，有的胖出一个 B 罩杯。
"哎，这学上得真他妈累。"
"是啊，觉也不给睡，球也不给踢，我们他妈的又不是机器。"
"你们说坐在前面的那么多傻×怎么受得了的？"
"你才是傻×呢！"
"哟哟哟，说你马子了，你还急眼了。出息！"

飞机是我们那六个人里最高的，所以他外号才叫飞机，飞机忽然说："要不我们集体退学吧，求着家里给点儿钱，我们去上足球学校，天天踢球，冲出亚洲，走向世界。"

然后忽然都静了,风在耳边吹不出声音,傻×知了也不叫了。

然后我们都爆笑,哈哈哈,还想冲出亚洲,哈哈哈,还想走向世界。

然后忽然又静了,风在耳边又吹不出声音了,傻×知了又哑巴了。

第二个人附和:"你真的敢退学吗?"

飞机说:"我飞机有什么不敢的,坦克你敢不敢?"

坦克是我们六个人里最矮的,他抖了抖自己的 B 罩杯,"我坦克什么不敢,我就是一傻×。"

坦克问炮弹:"你敢吗?"

炮弹"嗯"了一声,他话少。

火箭学着贝克汉姆,剃了一个高高的尖头,很像火箭,他说:"我肯定敢啊,你们谁去学踢球没钱,我来给!哦不,我爹来给。"

火箭的爹是大老板,贼有钱。

鱼雷说:"我们他妈的干脆去欧洲学踢球,一边打工一边踢球。"

"乔,你觉得怎么样?"鱼雷问我。

我摇摇头,傻×知了又开始叫,"知了,知了"。

我说:"我不敢,我还得高考呢。"

接着又是一阵安静,风,知了,云,蓝天。

后来他们劝我好久，热火朝天，热血沸腾，血气方刚，中二少年。
我说："我不敢，我真不敢，大写的不敢。"
他们说："好，那绝交吧。"
我说："你们真的要退学啊？"
他们说："你真的不退啊？你成绩又不好，考个傻不拉叽的学校继续傻不拉叽地念书，有什么意思？一点意思都没有。"
我说："我知道，没意思没关系。"这是我五年来做的第一个所谓的决定。

不踢球的人可能永远无法想象，一个真正热爱足球的人，对足球究竟有多么的热爱。
飞机说，足球场永远像脱光衣服的模特姐姐和张开的怀抱。
炮弹"嗯"了一声，表示同意。
而且那天下午我们几个傻×在天台上哼哼唧唧地说要退学，也不是随便说说而已，虽然是一时意气，但中二少年的意气时间从来都比较持久。

于是，除了我，剩下五个人，飞机，坦克，炮弹，火箭，鱼雷，一起退学了。

教导主任拍案豪爽地叫了一声："好！我们年级的升学率又升高不少！"

临走之前，我们六个人一起去学校旁边的烧烤摊吃腰子。

他们五个人一边吃着一边说我屄蛋，说以后记得来看他们踢球，说以后好好加油读书吧，说也老大不小了，说这学还真他妈就退了。

这只是我人生中第一次，对于上学与否，有了抉择。这种抉择在成绩好的人看来，是个屁啊，什么都不是，是不需要考虑的。可是对我们这种人来说，就像某个傻×曾经说过的一样，这个世界充满诱惑。

后来我面对过一次次的诱惑，高考前我姐跟我说："你成绩也一般，也考不上什么好大学，跟我去美国吧。"

我问她："去美国干吗？"

她说："去美国吃香的喝辣的啊。"

我说："然后呢？"

她认真地想了一下说："继续吃香的喝辣的啊。"我姐是个典型的享乐主义者。

后来高考我果然考了个很一般的分数，我大姑跟我说，要不别上了，现在有文凭的人多了，跟她做生意，一样能挣大钱。上个月我准备考研和工作，我妈打电话说，有个班上就上班吧，现在工作这么难找，还考什么研，上这么多年学不烦吗？

不烦啊，我一点都不烦。
但我也不喜欢，一点都不喜欢。
对于读书上学这件事，我的感觉是，没有感觉。
可我似乎就喜欢一直待在没有感觉的感觉里面，我是个喜欢自我放逐又自我安逸的人，我是个喜欢温水的青蛙，尽管知道这个温水最后是用来煮死自己的。

飞机说，我带你跳出这个温水缸吧，我摇头；
我姐说，我带你跳出这个温水缸吧，我也摇头；
大姑说，你还是跟我跳出这个温水缸吧，我又摇头；
我妈说，你也是时候跳出这个温水缸了，我还是摇头。

这五年来，我仍然选择继续读书，尽管我每天吊儿郎当混日子。后来我发现，我根本不是喜欢读书，也不是害怕因为不读书而付出什么代价，我只是很简单地害怕改变而已，害怕突如其来的变故。
这是泡温水澡的青蛙的共性，而且我也从不尝试改变。

前几天我们六个人又聚在一块吃腰子，火箭还是那个富二代，他老爹挣的钱越来越多，够火箭花一辈子也够小火箭花一辈子了。飞机比我小一届,他退学之后又到隔壁高中重读高一了。他也是个厌蛋。炮弹这几年话多起来，他跟着工队跑到广西，在工地里当一个整天被骂的监理，他告诉我每次开工前都要烧几炷高香，神神道道的。就坦克跑得最远，他当了海员，跟着船上一批人，去过很多地方，越南，马来西亚，苏伊士运河，印度，埃及，各种地方。

这五年来，他们也做了很多的抉择，我们像从一个点出发的六条射线，只能相隔得越来越远，偶尔在一起喝醉酒回头看时，才能看到那个还重合在一起的点，那是我们共有的人生节点，那个大汗淋漓、知了吵死了的夏天。

这五年我的所有抉择都在刻意不去改变，因为我害怕。但到今天我才明白过来，害怕有个卵用。除非你在撒哈拉沙漠，什么人都没有。我身边的人在这五年里的每一个人生节点里都在不停地变啊变，飞机坦克他们只是一部分，还有更多的人在变啊变，其实我的生活每天都在发生着改变。

如果再让我回到五年前我们六个人第一次的人生节点,我要么把他们五个人都揍晕不让他们退学,要么,我跟着他们一起离开。因为到如今我才明白了,其实青蛙一直不在温水里,它只是麻痹自己,假装还在温水里罢了。

游戏里的大哥

自初中起我玩儿过很多游戏,大大小小,从雷电到传奇,从扫雷到魔兽,从蜘蛛纸牌到 CS,涉猎甚广。但我定力不强,打游戏像打游击战一样,打完就跑,下回可能连上次在哪个区都不记得。

但我一直玩儿一个挺……无聊、挺 low 的游戏。

叫"QQ 三国"。

那是某个我爸妈都出差在外的夜晚,我背了一书包的魔法士干脆面与营养快线,口袋里揣着时尚时尚最时尚的"××网吧会员卡",

心里小鹿乱撞，去网吧包夜并开了个包厢。

开包厢证明我是有小心思的，那时候我已经上初中了。

搜寻正酣，网管忽然敲开我的包厢门，"不好意思啊，哥们儿，外面没机子了，凑一个凑一个。"

于是一个小年轻在我旁边坐下了。

我马上正襟危坐，从一个搜寻资源的猥琐少年变成一个沉迷游戏的正直少年。

那样的夜晚里，我感觉玩游戏成了宇宙之下最光辉的事情。

几局 CS 之后，我头昏脑涨天旋地转，抬头看包厢的顶就感觉像鼠标移动下的天空，每一口营养快线都感觉在洗胃。

然后我瘫在椅背上，看旁边人。

他很慢很慢地玩一个很慢很慢的游戏，2D 视角，画质奇差无比，人物很丑萌，他一直按着空格键让屏幕里的小人在 2D 楼梯上跳来跳去，顺着藤叶爬啊爬，不时地按一下 S 键就能杀死身旁一个更丑萌的小怪物。

我问："哥们儿，这啥游戏？"

"QQ 三国，没啥意思，磨磨时间。"

我连忙点头，在游戏平台里找。

这个游戏很简单，打怪升级之类的，那晚我渐渐上手。然后我就不停走啊走，看看它有多大的地图。等我走到一片鸟林的时候，蒙了。鸟林里有主动攻击的怪物，我把鼠标移到它身上看它的等级是"？"。于是我就挂在一条藤叶上，藤叶下的铁鸟围着我叽叽喳喳不停乱转，我在藤叶上稍微挂得低一点，血槽就在颤抖。

我问身旁的哥们，"这咋办啊？"
哥们说："跳下去吧，死了回城。"
"回到哪里？"
"我也不知道。"

人生往往是这样，当你处在不上不下的尴尬境地时，总会看到一束光。有的光来自那些怪物，它们最终跟你耗不起时间，嗷嗷叫地冲着藤叶发招，照样能把你的血槽打空。可有的光来自那些牛×闪闪的人，他们戴着头盔拿着双斧脚踩翅膀，弯腰俯冲，顶了铁鸟两个攻击之后，就"咔嚓"一斧头解决了它们，收获两个鸟肉，一个鸟羽。

附近有行脚商，九十九个鸟肉卖四万五金币。

这些都是师傅告诉我的。

没错，我认了个师傅，我叫他大哥，他的角色是"豪杰"。那天，他在跑地图跑任务，根本没看到挂在藤叶上的我，只是神挡杀神佛挡杀佛，象征性地干掉面前的小怪而已。

而我像遇到爸爸一样，慌乱地拖鼠标点他的头像，右键"邀请组队"。

然后屏住呼吸。

师傅是个洒脱的人，确切来讲，师傅是个眼神不好的人，只要一有消息，他就"咔咔咔"地接受。

这也是我能拜师成功的原因。

大哥说，他那天看到屏幕上有一个小旗子在闪动，就点了一下，他在的网吧烟雾弥漫，他看不清楚就直接点了同意。系统提示他，收徒成功。

我的职业是剑士，烂大街。我之所以选他是因为他有红色的头发，摆得一米[1]。大哥的头发是绿色的，看起来也很摆，他每次一挥斧，一头绿发就随风而颤。

1　南京方言。

大哥就这样带我升级，半小时我就顶到了 15 级，出师。领了出师大礼包，师傅马上离开队伍，有各奔东西的意味。狗腿的我嗅到了这个危险的信号，忙发私信给师傅，"大哥您老人家再带我刷个装备吧，我这一身太菜了。"

师傅说，我们俩职业不一样，他找他的"情侣"老婆"女剑士"来带我。于是我结识了大嫂，一个紫色头发的女剑士。
我们俩一起挂在藤叶上，跟师傅组队。
师傅在"咔嚓咔嚓"地砍怪，捡垃圾道具。
我们就负责在藤叶上爬来爬去。

于是我发现了一件很猥琐的事情，我们的人物挂在藤叶上的时候，都是背对着的 2D 画面，大嫂有一套炫装，大哥给她买的。
背对着屏幕爬树的时候能看到人物的豹纹小短裙。
我就在大嫂的藤叶上，一上一下，上上下下，又上又下，忽上忽下地爬着。
我就是图好玩，原以为她不在的。
可她忽然直接发消息在屏幕里，在她的人物头像上出现了一个对话框说："哈哈，你好可爱啊。"

我一下子愣了，看了看屏幕右下角的师傅，也就是我大哥，还在卖力地刷怪，绿色头发随风而舞着，像一头绿发的老黄牛，勤恳地耕耘着每一个小怪。我才确定大嫂这句话是发给我的。
那个时候我并没有当她是个女人，我只是单纯地想从她那里要几件她退役的装备罢了。

于是我赶忙发私信说："嘿嘿。"
没多久她回我："小孩儿你多大了？"
我说我不是小孩，我好大了。
她问我作业写完了吗？
我说我放学之前就写完了。
她说："哈哈，你还说自己不是小孩儿？"

过了一会儿，师傅丢给我几本技能书，说，有事先下线了。
然后在组队的频道里发，老婆再见。
大嫂回他，老公再见。
于是大哥扛着双斧围着女剑士跳来跳去一阵子，对着屏幕宣誓着自己的战场和女人，接着离线退了游戏。

大哥离线之后队长自动变成我，我害怕大嫂也走掉了，马上发挥马仔的本质，立马将队长转任给大嫂，并私信她说："再带我一会儿吧，好大嫂。"

大嫂说："小孩儿，你叫我姐姐吧。"

于是我跟着姐姐，逛鸟林，游鸟皇宫，去临江看好多人PK，坐马车到江陵看夜景背景的游戏界面。

大嫂说，这种夜景背景下，还可以放烟花。

说着从她身上嗖地冒出来一个粉色的烟花，到屏幕的上方炸开。

我觉得大嫂好像一束光，跟她比起来，大哥救我时候的光，简直就是凿壁偷来的光。

我不知道为什么，大嫂总说我可爱说我好玩。

大概是因为我还没懂这个游戏的套路，因而在游戏里没有显现出老手的洒脱。

比如大嫂带我跑一个地图，我总想把我能看到的屏幕上的东西都捡起来，大嫂说这些东西都没用，可我还是会捡，有的我甚至会绕路去捡。

大嫂就说："哈哈，你好可爱啊。"

有时候大嫂顶着头俯冲往前跑，跑着跑着发现后面的我不见了，忙私信问我人呢？我立马发来一坨哭的表情，"刚才不知道被哪个怪打了一下，死了，回城了，现在都不知道在哪儿。"

大嫂又会说："哈哈，你好可爱啊，等我过去找你。"

于是我在一个陌生的主城陌生的地图，来回荡啊荡，把屏幕里所有 NPC 的对话都点开看了一遍。

大嫂赶到之后问我在干吗，我说我在跟 NPC 说话啊。

大嫂又会说："哈哈，你好可爱啊。"

我会回她，嘿嘿。

大嫂又问我多大，我说我今年初二。

大嫂说你还真是小孩儿，姐姐估计比你大一轮，十二岁。

我说嘿嘿。

大嫂说，每当我说嘿嘿的时候她就很想捏我脸。

我说我家里有一个熊猫玩具，我从小捏它脸，现在已经研究出了几十种不同的捏法，能把熊猫捏出鼻子捏成象。

大嫂说她要看。

于是我就顺理成章地加了她的 QQ 号，还开了视频。

因为那是那个年代里唯一能让她看到我捏熊猫玩具的方式。
那时候我还不懂撩妹与 PUA，现在单身、手速上千的我，羡慕又嫉妒那个时候无知的自己。

说实话，大概七八年前，也就是我十四五岁上初中的时候，网络虽然没有普及，没有兴盛，没有得到大家的认可与赞同，但那时候的社会，还是一个信任感并不缺失，且并不怎么让人在意的时期。

我可以在摄像头里很大方地跟大嫂 say hi，大嫂也可以在那头笑着摇头说我真的是个小孩。然后我给她捏熊猫玩具看，捏出鼻子捏成象，大嫂在摄像头的对面，成熟而又美丽，笑出酒窝笑出花。

她果真比我大很多。我初二，十四岁的时候，她二十六岁。我们俩经常视频聊天，但也什么都没聊过。没办法，因为是陌生人，年龄差距又太大。几乎没有任何共同话题。可我总能变着法子让她笑出来，而她也总是很乐意地看着我笑，笑得很开怀。

其实除了她的脸之外，她所有的一切我都不知道。
有没有结婚，在哪个城市，为什么有大把大把的闲散时间，又是做什么工作以什么为营生，这些我都不知道。而且这些问题，在初二的我的脑海里，完全形不成概念，我从来没考虑过这些。

这似乎也是她喜欢跟我聊天的原因。
我只负责努力制造笑点，她负责一边笑一边貌美如花。
然而老黄牛大哥一脸蒙，每次他勤恳又勤恳地带我们俩升级的时候，我跟大嫂总是挂在一条藤叶上，我上她下，然后我们切了屏幕到 QQ 上聊天，嘀嘀嘀嘀，你来我往。

大哥，也就是师傅，在组队频道里不停喊：
"爆了一把剑！"
"技能书技能书！"
"精魂精魂！"
然而都没人捡，我有好几次在聊天的间隙看到大哥一边唰唰唰砍怪，一边默默捡东西，然后再一头俯冲到行脚商那里变卖掉。

后来我曾研究过这种玩法，很无趣，不停打怪，不停捡东西，然后跑地图找到系统刷出来的行脚商，卖掉。有的人拿这种方式赚钱，还有的人甚至不知道自己在干吗。就机械性地刷啊刷，没有一会儿停歇。不知道每一个刷鸟肉四万五的人的背后，是不是都有一个迎风飘扬的绿发，和孤独的灵魂呢？

不过我也不比他们好哪去，在游戏的操作上面我甚至更单调。我只需要挂在藤叶上，以大嫂的小短裙为圆点，爬来爬去，爬来爬去就好。终于大哥觉察到端倪，他站在2D地图的最顶端终于感觉到上面的风好大。

他私信问我："你最近跟我女朋友经常聊天吗？"
"女朋友？啥女朋友？"我一时间蒙了。
"就是我游戏里的情侣啊。"
"哦哦哦，姐姐啊！是啊是啊！"
大哥之后没说话，带我探袁绍的副本。

那个时候我大概也能独当一面了。
那是我倒数第二次在游戏里见到大哥，他下线之前给了我一把剑。
三孔，强7，高级吸血石。
我说："嗷嗷，谢谢大哥！谢谢师傅！"
大哥说不用谢。

然后他解除了跟我的师徒关系，点进他的资料里还能看到，他的情侣信息也清除了。那时候我才觉察到有点不对，我似乎妨碍了师傅把师娘这件事，我似乎也忘记了第一天玩这游戏挂在藤叶上无可奈何时，大哥一道光降临的样子。
不过，我对大哥的些许抱歉在下一次见到师娘之后戛然而止，抛在脑后。

师娘头上的"情侣"头衔也空缺了，这让我有些垂涎。不过我垂涎的原因还多半停留在，情侣组队一起挂机会提高属性这件事上。于是在江夏地图的一片小荷叶上，曲水流觞，酒馆的旗帜在 2D 画面上迎风飘扬。

师娘说："你不知道吧？这些旗子其实也能往上爬，爬到上面就站在地图的最高处，等级高的人都喜欢这么挂机。"
师娘说完噌噌噌往上爬。
我也赶忙噌噌噌追随师娘。
站在旗子上，感觉整个地图都是我俩的江山。
于是我又退了半步，右键轻轻点击师娘的头像，屏住呼吸，点击了"情侣邀请"。
没几秒钟，我跟师娘身上都冒出点点星光，那是情侣之间的属性加成。
师娘私信我说："走，我带你做情侣任务去。"

我依然像一个狗仔一般追随着自己的女人。

情侣任务里有一项是去泽林鸟神涧收集鸟毛，我在那里倒数第二次见到大哥。他还在忙碌地跑着，一斧一个鸟，捡鸟肉和鸟毛。一只铁鸟爆一个鸟肉，九十九个卖四万五铜币；五六只鸟爆出一个鸟羽，九十九个鸟毛卖十二万。大哥似乎靠鸟肉鸟羽发了家，买了一套炫装，头顶戴了一个帽子，绿色的头发只能看到发梢。

忙碌的身影后面，藤叶上还挂了一个女徒弟。
原来大家都往前看了啊。
我在心里想着，然后穿着师娘给我的加速度鞋子，低头俯冲，在大哥爆掉的一群鸟肉里疾驰而过。
那时候的我已经不会去费力捡地上的东西了。

我跟师娘作为情侣又玩了一段时间。
其间我经历期末考，考地理的时候我睡着了，梦见师娘在一个可以PK的地图里忽然跟我解除了情侣关系，咔咔咔两下把我给劈了。
接着师娘红名了，一群饥渴难耐虎视眈眈的玩家从四周的藤叶上直接按空格跳下来，"唰唰唰"结果了师娘，把她爆出来的装备瓜分干净。

那次地理考试我考了倒数第一，我盯着地理试卷上一个人一个地图，总觉得它们不对劲，然后按照脑子里的游戏地图加以改编。

之后暑假开始，夏天到来，我每天有更多的时间玩电脑，跟师娘打游戏，跟师娘视频聊天。

早晨起床先开了机，然后出门买鸡汤，下午先 Q 一下师娘，然后去厨房切半块西瓜。

那个夏天我披着毯子缩在空调下跟师娘逛遍了 QQ 三国的地图，每个角落，每个副本。

我很快也是服务器的大神了，有了军团，有了头衔，有了几个徒弟，成了"名震四方之剑士"。

有天下午，我跟师娘说爸爸出差从国外买了个口琴，我吹给你看好不好。师娘说好啊，于是我们像往常一样接通视频。我一手拿着口琴正笨拙地往嘴巴上贴，看到视频画面我瞬间蒙×了。

师娘只穿了一个小内衣坐在镜头跟前。

我怔了有半分钟，"啪"的一下关了视频。打开游戏一边刷鸟肉鸟羽一边冷静。

然后我开始在游戏与 QQ 上等师娘，奇怪的是，她的游戏再也没登录过，QQ 也再也没上过。我发给她游戏里和 QQ 里的消息全都石沉大海，就好像这些信号讯息都没有成功到达师娘的电脑上，而只是在太空中游荡，无从归处。

慢慢地这个游戏对我来说又没意思了，可我已经养成了登录游戏的习惯。在暑假剩下来的日子里，我每天目光呆滞地在成都东郊之后的地图上，刷鸟，刷鸟肉鸟羽，刷行脚商。

我有些明白那些忙碌于铁鸟和行脚商之间，两点一线的人，或许有的一份执着了。
于是某天我在行脚商 NPC 的身旁，又一次发现大哥了。他也发现我了，很快私信我："不玩了，给你点东西。"说完他发来了交易请求，给了我一套剑士准备，好多金币与稀有材料道具，最后还把身上的一套豪杰套装也脱下来给我了。
"你穿不上，卖点钱吧。"

之后，师傅的号也像师娘一样，一直黯淡下去了。没多久之后，我也不玩了。如果有一个人在意过我的话，我的号也像那样一直暗下去了。

那时候大家还没有像现在被集体强奸了一样,如今对于网络,或者说虚拟与现实的界限,太生硬与刻板。

要么,永不交界;要么,交界了就一定要怎样怎样。以前网络还是生活的一个很小的子集,虚拟与现实的一个很小的子集,并没有独立开来。

人们可以在网络上,很坦诚地相遇,又很倏忽地相离。

那个暑假过后,我开始从傻×中二向装×文艺过渡,卸载了QQ三国之后我出门逛书店,买了一本聂鲁达的诗,从此记了一句:

"当我爱你时,风中的松树,要以他们丝线般的叶子唱你的名字。"

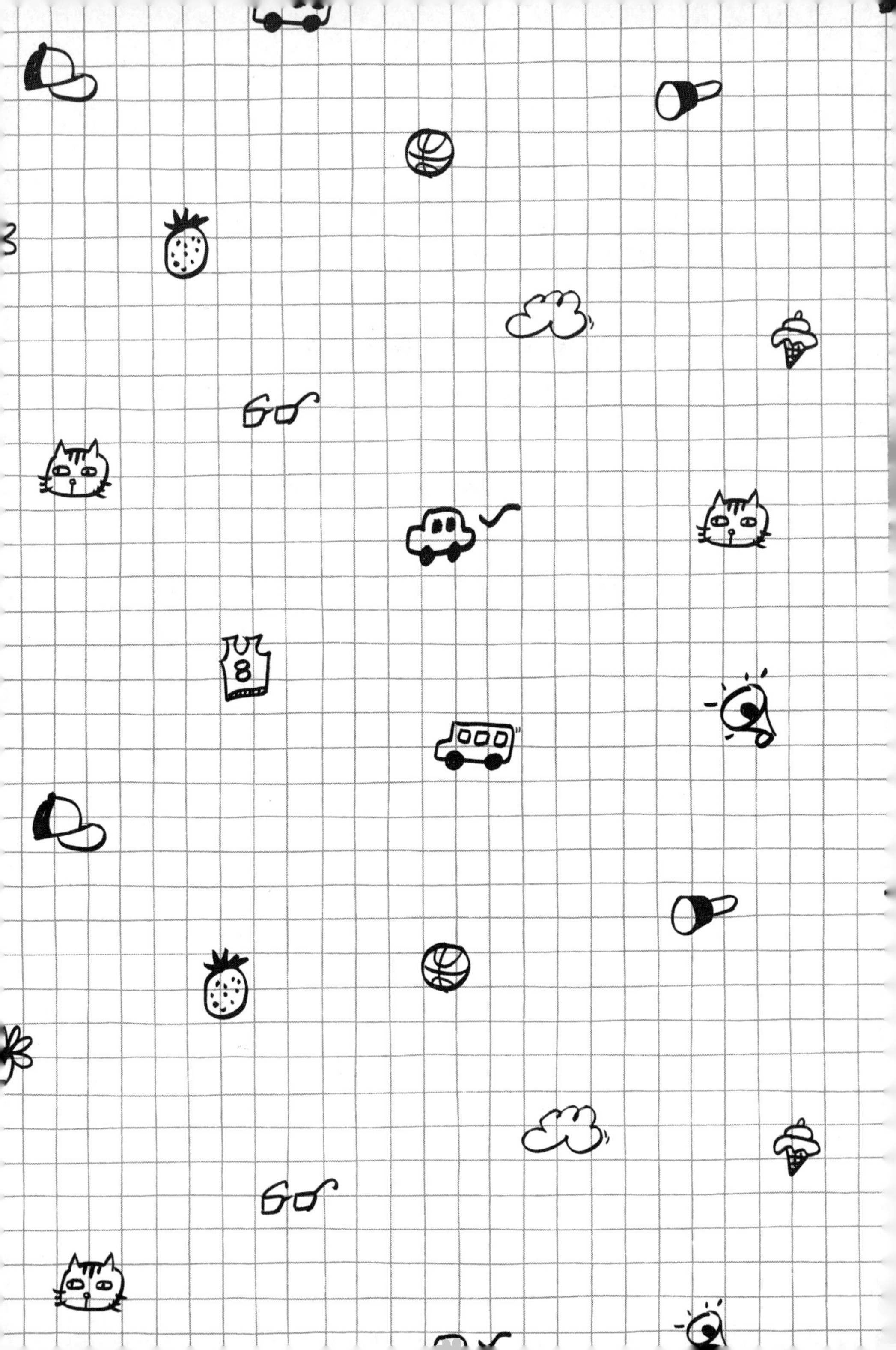

Chapter Two
故人

其实我是个生活里挺糙的人，所以我似乎从未做过所谓浪漫的事，但我把"乔"这个姓，留给故事里的某一个人，某一个安安稳稳地度过一生的人，某一个感叹岁月长河的人。我觉得是我为数不多的小浪漫了。

乔大王

我羡慕所有炽烈情感，但它们不属于我。

⚑ 《爆裂鼓手》

《爆裂鼓手》曾经让我在深夜中痛哭。

因为羡慕，因为我从来都没有那样炽烈的热爱，别说是爱，连很强烈的恨，很绝望的悲伤，很无奈的沮丧，我都没有。

我喜欢踢足球，喜欢弹吉他，可球踢得一般，吉他弹得也不好，但当别人问起"你喜欢什么"的时候，我还是会告诉他："我喜欢踢球，喜欢弹吉他，对了，我还很喜欢生活。"

我很羡慕那些拥有炽烈感情的人，我曾经一度也想当这样的人。

高二那年，我很喜欢很喜欢的姑娘出了国。中午午休，从校裤里翻出手机看到一条短信，记得大意是：要走了，却来不及再见，很抱歉。

我脑子里先是晕了一下，然后鼻子一酸，我以为我要哭，外面忽然打雷，要下雷阵雨了。

我想，要不我出去吧，到操场上跑一圈，疯一圈，淋一圈，哭一圈。

那个时候我内心居然有一闪而过的喜悦，也不知道是为何，我觉得这场雨要造就我了，我一边冲出教室往楼下走，一边脑补着自己以后慢慢颓废的日子，慢慢变长的头发，慢慢变少的言语，和对姑娘慢慢增加的思念，我就觉得很兴奋，或许是中二，或许是装×，但我觉得我很快就要拥有一份炽烈的感情了。

我跑到楼下，外面雨哗啦哗啦下得很大。

我停在屋檐下，准备冲出去。我先蹲下挽了个裤脚，然后又把校服外套的帽子戴在头上，然后我又撸起袖子。接着我真的要出去了，然后我打了个喷嚏。

"阿嚏——"正好被上楼经过的班主任看到，他冲我大叫："快上课了，你站在下面干吗？！"

是啊，我干吗呢？？

于是我灰溜溜地上楼。

同学问我干吗去了，我说，厕所蹲坑。

那天下午雷阵雨转成持续的大暴雨，我在教室里上完语文课、数学课、物理课和自习课。偶尔听讲，偶尔看着窗外的雨发呆，还在语文课上偷偷看了二十分钟的杂志。

我问自己，×××走了，去美国了，移民了，你不难过吗？

然后我又自己回答自己，是啊，好像挺难过的吧，但好像，也没那么难过。

我看过好多青春片、青春电影，面对剧里的分离，男女主角总是在哭，有那么难过吗？面对剧里的再会，女主角总是一副前世今生的怨恨面孔，男主角总是一番人面桃花相映红的感慨，有那么思念吗？面对剧里的结局，男女主角总是在拥吻（除非某一方死了的），有那么爱吗？

我觉得没有，我觉得所有的青春片如果发生在我身上，就好像那天的大雨，我缩着头，挽了裤脚，戴了帽子，打了喷嚏，却忽然反应过来，有那么强烈的感情吗？

没有吧，没有。

其实并不是所谓的"长得好看的人才有青春",而是拥有炽烈感情的人才有青春。

再回到《爆裂鼓手》这部电影,第一次看的时候,我大三。

那天下午,我一个人坐公交车去市区逛大书店。很巧,我又遇到那个很喜欢很喜欢,但高二就离开出国念书的那个姑娘。

大概有四年多没见了吧。她站在我前面,我们站在同一个扶梯上,她只是在说:"妈,我待会儿就回家。"

我当时想,这个姑娘的声音好熟悉啊。

然后她就回头了,她愣了,我也愣了。

可是愣了之后,得有话说吧,说什么呢?当然是好久不见。

我说,好久不见。

她说,好久不见。

我说,你不夸夸我,长高了变帅了之类的?

她笑了,你也没长得很高。

我盯着她的眼睛,咖啡色的美瞳,我说,你倒是变漂亮不少。

然后我还应该再说些什么的,毕竟这么有缘。我们站在扶梯的出口,挡住了后面人的道路。后面人说,麻烦让一让,我们就让一让。姑娘在笑着,浅笑,不知道是在笑缘分,还是单纯地觉得尴尬。

我忽然指着她背后,书店二楼的天花板上,挂着一个巨大的海报,儿童读物,一个卡通的宇宙,我说:"看,飞碟!"
之后我们道别,连"再见"也没说,她说:"我去三楼。"
我点头:"嗯,我就在二楼看看。"

那天我还真挑了好几本书,都很感兴趣,有讲历史的,有讲经济的,还有一本日本侦探悬疑小说。我付完钱,走出门,抬头看天都黑了。
"哪他妈有飞碟啊!"我在心里骂了自己一句。

其实我脑补过的,也只是脑补。脑补我在飞奔,我甚至脑补过细节,我急速转身时鞋子摩擦地板的声音,不小心撞翻的几本书,对挡路的人抱歉地说着"借过",然后我疯了似的找她,找那个姑娘。

这个时候要是有个镜头就好了,摆在我头顶上,镜头在旋转,旋转旋转,我也在旋转,四周全是书。终于,我又见到那个姑娘,这个时候应该有《独自等待》里夏雨的能耐。
"嘿!你忘了一样东西!"
"什么?"

"我啊!"

然后我抱着她,说:"我太他妈想你了!"

脑补归脑补,现实归现实,况且,我有那么想吗?

那晚我吃了麦当劳,吃了新口味的圣代,喝了新口味的气泡果汁,然后再坐车回学校回寝室,洗衣服洗澡躺床上看书。

什么都没想,真的,什么都没想,连飞碟也没想。

那晚我习惯性失眠,没什么特别的原因,大学狗,晚上精神焕发是再正常不过的了。

我随手翻到《爆裂鼓手》这部电影。

"好像最近挺火的吧。"我心里这样想,然后点开看。

看完我真的哭得跟傻×一样,起床翻箱倒柜找烟,翻到几个安全套,翻到两张挂科的成绩单,翻到上海世博会的纪念章,就是找不到烟,一根都没有。

我蹲在厕所哭,厕所特臭,我不想张嘴哭,就低着头,声音特别像奇怪的笑。

跟姑娘无关,我在想,我什么时候该有这样热烈的、炽热的感情啊?

大概这辈子都不会有。

我喜欢看球，喜欢 AC 米兰，但我熬夜顶多熬到两点，而他们的比赛大部分在两点四十五分开始；我喜欢吉他，感觉弹吉他会放松身心，更重要的是可以耍帅，但我顶多会拨十分钟，哼半首歌。我曾经也有很宏大的目标，我发誓要怎样怎样，我买了新本子，买了新笔，用新笔在新本子上写下自己的宏大目标，然后本子和笔都找不到了，甚至看完《爆裂鼓手》的那天晚上，我翻箱倒柜找烟的时候都没有把它们找到。

我喜欢爱，喜欢我对别人的爱，也喜欢别人对我的爱，更喜欢互相的爱，可是没了爱会怎样呢？会伤心吧——1 秒，会失落吧——3 秒，会空虚吧——5 秒，之后呢？之后也不会忽然地高兴起来，也不会全然地抛在脑后。
但好像也就这样吧。

就好像《爆裂鼓手》里的主角一样，我后来思考过自己，我甚至从来没有为了一件事情，开心的也好，愤怒的也好，怎样都好，从来没有发自内心地说一句"Fuck"，从来没有。
或许是性格使然，或许我还没有遇到，但炽烈的感情真的不属于我。
我羡慕。

但我似乎也并不选择,就好像那天晚上我莫名其妙地哭完之后,擦擦眼泪,还顺便对着镜子照了一下有没有长更多的痘痘,还顺便打开厕所的排风扇,然后我问自己,因为什么哭啊?真的有必要哭吗?
好像,也没有吧。
好像,怎么样,也都可以过下去吧。
就这样过下去吧。

你不知道的事

这个世界上的每一个人,我们每天遇见的,和我们永远没有机会遇见的人,无一例外,都在各自经历着一些事情或者说苦难。而在各自经历着苦难的我们自己,也总是会认为我们是这个世界上最不幸的存在。

前段时间我跟一个许久没联系过的朋友聊天,我跟她是大学校友,经常会在校园里遇见,打个招呼点到即止的关系。
那次我们越聊越多,越聊越深,后来聊到自己经历过的一些事情,她忽然说："当时真羡慕你啊！"

"你应该没印象了，不不不，你肯定没印象了，因为那是我们俩再普通不过的一次遇见。"

她开始说她大二时候的一段挺艰难的岁月，家里出现变故，感情出现裂痕，身体健康也有问题，三方面的困难相约而至，交叠在一起压在她身上。

她说有天接到家里的一通报告坏消息的电话，从教室往寝室走着，短短的一段路她走了很久很久。那天傍晚的天气很好，学校食堂的楼顶上能看到半个夕阳和烧红的天。

她说路上的行人很多，她正好碰到我了，我穿着短球裤，球衣外面随意套着一件冲锋衣，一手拎着球鞋的袋子，一手拿着汽水瓶，仰头喝着，然后笑着跟她打招呼。

她说："我当时看到你，感觉你整个人都在发光，你怎么能那么开心，那么幸福，那么温暖地活着呢？踢球，吃饭，喝汽水，回宿舍洗澡，睡觉，然后迎接新的一天。我呢？每天都在咬牙，在你们这一群幸福又幸福的存在中，咬牙坚持着……"

可能又回想起她当时的那段遭遇，她变得情绪激动，有些哽咽。

我忙安慰她说："真的没关系，你看，以前的苦难你现在可以开口说出来，当作话题吐槽了。"

不过其实她说错了，我当然记得那次相遇，虽然完完全全再普通不过的相遇。

那天我在踢球没错，可那段时间我也异常压抑。正好处在我被误诊的一段时间，我真的以为自己的命都要没了。

下午我窝在宿舍里被恐惧和不知所措压得喘不过气，翻手机看到一个耐克的广告，大概是说人这一辈子踢球的次数太有限了，球踢一次少一次，我想我大概比所有人的次数都更少吧。
于是我拿起球鞋和足球就往操场跑，其实我已经在胆战心惊下过了几十天，几十天没踢球了。
我疯了似的在一个空旷无人的废弃小球场奔跑，对着球网"砰砰砰"地射门，踢了一下午。傍晚累了渴了饿了，我停下来，穿着短球裤，球衣外面随便套一件冲锋衣，一手拎着球鞋一手拿着汽水瓶子，仰头边喝边往食堂走去。

然后我遇到那个朋友，其实那天傍晚我看到她整个人也是发光的，而同样地，真的太羡慕她了。她一个人戴着耳机，双手插在上衣的口袋里,走得异常又异常缓慢,一副岁月静好的样子。

我当时以为她在校园里闲逛了一下午,听音乐呼吸新鲜空气。她可以这样随意地挥霍着好天气和好时光,而我当时真的以为自己时日无多。

关于我对那天的回忆,我没有告诉她。

不过我想,只有上帝或者站在上帝视角的人,才能清楚地知道那个普通得不能再普通的某天傍晚,两个在大学食堂门口的夕阳下相遇的普通朋友之间的相视一笑,客气地打招呼,这么不到一分钟的过程里,究竟发生着什么。

一个被家庭感情各种困难折磨得体无完肤近乎崩溃;

一个因为一次误诊在惶惶不可终日里度过了几十天的"生命的最后时刻";

然而他们俩互相羡慕着对方,确切地说,互相羡慕着,除了自己之外的所有人。

每个人正在经历的事情,即使告诉别人,也无法得到别人完全感同身受的体验,事实上,这个世界上根本就不存在百分之百的感同身受。情商高的人会"设身处地",而"设身处地"只是接近于感同身受,

不需要理解别人的苦难，正如我们的苦难也很难让别人理解和体会一样，善待就好。

只是接近而已。

这个世界上的每个人，每一个作为个体的人，都一定会经历一些可以称之为苦难的遭遇，这是每个人孤独的存在，孤独的表达方式与孤独的体现。这是有思想与思维的人类最原始的孤独，是孤独的原罪。有人的苦难是沟，有人的苦难是壑，可沟是沟，壑是壑，无法互相填充；而且沟看不见壑，壑也看不见沟。

我们每天能够遇见的家人、亲戚、同学、同事、公交地铁上的同路人、餐厅服务生、超市收银员、发传单的人、扫大街的人、叫卖着小吃与零食的人、与你擦肩而过的人和与你连肩也没擦到就匆匆而过的路人，他们跟我也跟正在看这篇回答的你一样，也许正在经历着自己命中注定会遇到的苦难和遭遇。也跟你和我一样，认为自己太不幸了。事实上，的确很不幸。不需要理解别人的苦难，正如我们的苦难也很难让别人理解和体会一样。

善待就好，善待正在经历苦难的人，包括我们自己，和每一个别人。

我现在最想活出的样子，是能够不假思索地说，"没有，我就喜欢我现在的样子。"

🚩 想活出的样子

小时候我想当楼下玩具店老板的二儿子。

有一回生日，我攥着钱去楼下买四驱车，我说："老板我要买魔鬼司令！"

老板说："这里没有，我带你去后面仓库找吧。"

三分钟后，我有了人生中第一个"想活出的样子"，就是玩具店家老板儿子的样子。他坐在玩具店旁边的一个仓库里面，四周全是玩具，各种玩具！悠悠球、四驱车、圣斗士、雷速登、篮球足球卡片贴纸，他端坐在中间，一手舔着大火炬雪糕，一手握着两个魔鬼司令的玩具盒子。两个！！

他说:"爸,你找这个吗?"
他爸点头,接过一个四驱车拿给我。
那年生日我过得无比沉重,没有要我爸表演"大象转鼻子",没有让我妈做可乐鸡翅,没有让外公给我买拼图,没有让爷爷带我吃烧烤。就只是静静地在家拼那个魔鬼司令四驱车,连做了一个礼拜我在那个玩具仓库里吃喝拉撒睡的梦。

上了小学之后我特想当隔壁班的那个油头。
在我们所有男生都还穿双星剃平头的时候,油头已经梳起大背头穿上大头皮鞋了。学校里不管有什么活动,他都主持,最主要的是跟他一起主持的总是隔壁的隔壁班戴粉色发箍的好看小姑娘。

后来我想当初中生,可以自己骑车穿梭在商场、街道、楼宇与学校之间,那是五六年级时候的我对自由最大程度的理解与幻想。
小学最后的两年,我心里只有一个念头,快上初中,快有一辆自己的自行车。
中学骑了一段时间我爸淘汰下来的黑色大驾,后来我们那个城市开始流行"小电驴"。

每天下午放学，我骑着电动车穿梭又穿梭，校服都被风吹得鼓鼓的。之前我以为这样很帅，但某天我经过一个门面，透过玻璃观察自己的时候才发现，风把我的背吹得那么鼓，刘海都吹成中分，好像电视里播放的驼背宰相刘罗锅。

那时候我想成为隔壁职高的学生，早上十点钟还在打台球，下午三点钟就在体育场踢足球。
他们好像自由的小鸟……哦不，大鸟，令人羡慕。
直到中考前一天，我们每个人拖着自己的课桌回家，但到校门口都把它卖掉了。竟然有隔壁职高的人在那里蹲点劫钱。
我才意识到，妈的，原来自由的大鸟这么差劲。
于是在考试前一天晚上我才立志自己要考好，所以自然也没考出什么厉害的成绩。

高一的时候我想活成高三的样子，因为高三的校服是老款，紫色的外套，比灰白色的我们酷炫好多。而且高三的学姐们都长得那么好看，不像高一的我们，不管男生女生，都还是一副营养超级不良的样子。

高三的学生有很多仪式,每天走路的时候,脸上总是一副很忙碌的样子。有人大声讨论着题目,有人蜷缩在操场上哭,有人跑步,有人打球,有人在自习室里足不出户。
这每一种状态,都让我羡慕。

后来我真的高三了,球也没的踢了。
某天我们几个人想出了点子,说要不去隔壁大学踢球吧,这样教导主任肯定抓不到我们。
于是我发觉我之前十七年来,心里想活成的样子不值一提。

大学校园里完完全全是另一个世界,有人骑车,有人玩儿航模,有人弹吉他,有人对着身旁的姑娘眼神迷离。
那天下午我们几个人都没去踢球,就在×大校园里漫无目的地荡啊荡,感觉好像漫游奇境。

后来自然,上了大学之后我才发现以前羡慕的一切都没什么,自行车是校门口两块五一小时租的,航模是学校社团发的,吉他是用来装×的,至于身旁的姑娘,总会从你全世界路过的。

大学时候我想活成真正的大人模样,那时候我早已成年,可我总认为大人和成年是两个概念,我想进入职场,想每天走路一手看表一手接电话,分分钟多少钱上下。

于是我也终于走到今天,进了家银行上班,在银行里有人梳背头,总也要穿大头皮鞋,走路真的会连看表的时间都没有,因为会不停地接电话。

某天我去总行培训,大楼里的人又成了我想活出的样子,他们讨论我听不懂的或只能听懂一点的东西,谈笑风生,女人走路优雅,男人腰带扎得很紧,脖子里挂着各个部门的工牌,手机上全是些道琼斯名单。

我蹲在楼下停车场附近的出口抽烟,脑子里还全是楼里那些社会精英们说说笑笑、皱眉叹气的样子。

不过我已经没有那么急切地羡慕了,我知道再过几年,我也会进来也会成为那样扎紧腰带、说说笑笑的样子。

所以别傻了,我们压根就没有什么"想要活出的样子",我们只是不想活成现在的样子而已。无论你现在过再好的生活,你也无法避免地想逃避。其实玩具店老板的儿子也超级羡慕我,羡慕我爸会做大象转鼻子,我妈会烧可乐鸡翅。还有油头,后来我才知道原来是他妈一直逼他把头发梳成大人模样,穿一身帅气西装。他说某天看到我穿着双星"疙瘩"鞋在沙堆里跟别人摔跤的时候,觉得我简直是英雄。

后来我才知道高三的人羡慕高一,高一的人羡慕初中,大学的人会一边在社会中迷失,一边羡慕曾经学生时代简单纯粹的模样。

而终于变成自己最近的"想要活出的样子"的我,偶尔还是会做梦,梦到昏暗的玩具仓库,我坐在一大摞背面有五颗星的圣斗士卡片上,前面是卷帘门与阳光,后面是吊扇与排气窗,我舔着大火炬,拼着魔鬼司令,隔壁玩具店门口的小孩在吵吵闹闹。

看吧,我还在逃避。我们总觉得自己现在过的生活,不是自己想要的生活。

肯定不是啊!横向上羡慕别人,纵向上羡慕从前或者未来的自己。总是不愿意肯定现在。

我现在最想活出的样子是能够不假思索地说:没有,我就喜欢我现在的样子。

> 我应该是世所上最早看IMAX的人，而且是完完全全地身临其境，连痛感都那么逼真。

⚑ 我可能是个画家

我在十岁之前一直有着很高的绘画天赋与绘画兴趣，而且我非常善于记住生活中所见到的各种事物，记住它们的轮廓和结构，可以仅凭回忆画得很像。

那个时候玩电脑是一件很奢侈的事情，唯一一个比较上档次的游戏大概是"红色警戒"。我在二年级的时候，可以仅凭记忆画出红警二里每一个我见过的建筑物，兵营、炼油厂、桥，每一个。还有动漫，我能画出每一个数码宝贝，最拿手的是神圣天使兽。曾经让我的美术老师特别吃惊，拿走给办公室里所有的美术老师一起看，然后他们一起吃惊。

这是前言。

我的绘画天赋和兴趣,在三年级期中考试之后,就夭折了。

小学考试时间总是很久,做完试卷检查一遍又一遍,监考老师才抬头说还剩半小时,简直就是煎熬。

我一边咬着铅笔一边发呆愣神。然后我看到坐在讲台上的监考老师,他大概也很无聊,无精打采,睡眼惺忪,低着头。

印象里是个中年的谢顶老师。额头两侧发际线很高,很秃,额头中间头发很茂密。我咬着铅笔盯着他的头,我觉得他的发际线活脱脱勾勒出一个大写的"K"。然后我越看越饿,越看越饿,我又把这个"K"形的发际线联想成肯德基的标志。

接着我浑身的每一个细胞都不舒服了。

我好想好想把肯德基爷爷给画下来,一定要画下来。

我握着铅笔,扫了一眼课桌。

只有一张我刚答完的试卷。

我总不能画试卷上吧。

于是我趁监考老师不注意，偷偷摸摸从课桌抽屉里随便抽出来一本书，就开始凭借着记忆画肯德基爷爷。刚画完身子和头发，我的耳朵就被捏住，整个人被揪起来，是巡考的教导主任。

他说我作弊。

巧了。

我翻出来当作画纸的那本书，正好是那场考试的科目。

我跟主任说，我没有翻书，我在画画。

"画画？"主任哼了一下鼻子，"你骗谁呢？叫家长！"

于是那场考试结束之后，我就一直在教导主任办公室罚站，直到我爸被叫过来。主任把课本拍在桌子上，说："你儿子考试作弊，抄书。还不承认错误，说自己在画画！可笑。"

我认为爸爸一定是相信我的。

我抬头看他，眼神里都是大写的期待。

我爸爸低头看我，眼神里都是大写的失望。

然后"啪"的一巴掌拍在我脑门上。

其实现在想想，那个场景应该有一瞬间挺搞笑的。

那天我带了一个类似《舒克贝塔》动画片里的那种帽子，帽檐上有一个类似飞行员配备的大眼镜一样的装饰，刚买回来的时候我一直试图把眼镜拆下来。那天我爸"啪"的一巴掌扇在我头上，那个大眼镜"啪"的一下被我爸扇下来，正好卡在我眼睛上。

我瞬间号啕大哭，透过那个飞行员大眼镜，我看到主任对我满脸的鄙夷和我爸对我满脸的失望。
"小小年纪，考试作弊，不承认错误，这样的孩子以后怎么成才？我知道他画得好，可也不能拿画画当借口来作弊啊！"

整个教导主任办公室在我的泪水和大眼镜的双重折射下，扭曲成一个IMAX球幕，这么看来我应该是世界上最早看IMAX的人，而且完完全全地身临其境，连痛感都那么逼真。
我被我爸牵回家。
在厨房罚站。
我爸一直让我承认错误。
可我真的是在画画啊。
我就一直这么辩解。
那晚我没吃上饭。

我妈也哭着说，平时没教你这些啊，你跟谁学着考试作弊啊？

我说我真的没作弊啊。

我爸继续发火，比那天在学校办公室里有过之而无不及。

这件事情我很少回想，后来也渐渐被大家忘记。

但我直到二十二岁的今天还是怀疑，我爸妈到现在仍然认为我在三年级的一次期中考试上，利用翻书画画为借口，抄书作弊。

从那之后我特烦画画，一提起画画我就浑身冒汗，看到画纸和铅笔我就恶心。

一个小孩子对这个世界是那样的好奇，睁大眼睛看他能看到的每一个事物，看它的轮廓，看它的结构，低头看，抬头看，早上看，晚上看，趴着看，跳起来看，吃着棒棒糖看，咬着铅笔发呆看。

然后他身体的每一个细胞都在嗷嗷大叫："画出来！画出来！画出来！"

再也不会有这种感受了。

我人生的倒数第二张画，画了一个大王八。

那是四年级的时候，学校要选拔一个学生参加市里的小学生绘画比赛。

我的班主任让我参加。

组织那场选拔比赛的,正好是教导主任。

他见到我,哼了一声。

那天我盯着教导主任,画了一个栩栩如生的乌龟交上去。

奇怪这件事情居然没有后话也没有惩罚。

之后我妈开始叹息,怎么好好的就不想画画了呢?

归根结底爸妈他们都是爱我的。

我妈其实是个特别温柔的女人,她只是缺少一些对孩子恰到好处、正好打在那个"点"上的细心与关心。

至于那个教导主任,我都已经把我人生中倒数第二幅画作送给他了,我们也算两不相欠了吧。

游乐场的记忆

小时候印象里有两个"算是"游乐场的地方。

城北一个,公园;城南一个,动物园。公园里有废旧的旋转木马与美人鱼,还有一个废弃的水上世界;动物园里有生锈的铁秋千,链子很长,还有一个充盈着臭脚味儿的跳床。

巧了,城里本来没有大片的墓地,然而据说原来是有的,还据说有两个,还据说这两个后来都被推成了平地,城北一个,后来建了公园;城南一个,后来拉来几个鹦鹉金鱼,成了动物园。

这是小孩子间的传闻。传闻盛行的那段时间，学校里都人心惶惶。因为这两个去处，几乎霸占我们整个童年。戴着红领巾与三道杠的大队长每天也忧心忡忡，背手皱眉，在课间操的队伍间穿行而过。

关于游乐场，现在我回想起它的整体印象，还是阴森恐怖的。水上世界的后面是一个黑石堆砌的施工山，所以它的整个格调就是这样暗淡下来的。我只在围栏外面看过它，蓝色的，交错复杂的管道和滑梯，建在一片宽阔的水域上，由于常年没人用，从外面看管道与滑梯底下的水，都是黑的。在这样的情况下，水域越是宽阔，就让人越有莫名的恐惧感，谁也不知道水有多深。

围栏里面，还有一只常年被拴着的大黑狗，一年比一年壮一年比一年凶狠，很好奇是谁在养它，是不是长相可怖的怪人。
现在算下来，它的建成至少有二十年了。
二十年之前，这应该是一个无比庞大的工程。

这样的水上世界，看起来并不像渐渐衰败的，倒像是瞬间被停用封闭，拴上大黑狗看门。然后自然传闻开始盛行，这个水上世界出了事，死过人，然后自然又与另一个传闻联系在一起，"听说这整个公园以前,都是片大墓地呢。"

"后面有鬼啊!!!"

几个小孩在下午四点半的公园围栏外,一人惊呼,一群人四处逃窜。

下午四点半之后的公园里,冷清,凉。太阳往西边走,走啊走,走到水上世界后面的黑石子山后面。

抬头看着庞大废弃的水上世界和它背后隐隐约约的落日。

这是五六岁的我,很长一段时间的噩梦。我梦到我在管道里钻啊钻,在滑梯里滑啊滑,一直在降落。一边降落的同时,我一边死咬着嘴唇,想着千万不要掉下去啊,下面有黑色的水,黑色的水啊。在我号叫了数个夜晚之后,我爹妈终于完全禁止我再去那个水上世界,甚至禁止我去城北的那个公园。

我家住在城北,离南边的动物园很远。这让我有一段时间百无聊赖,有一段时间困扰不堪。不过后来我发现了更吸引人的地方,就在城北的公园对面。

一栋老楼里的一楼,101室,有一间游戏机厅,"西游记""三国志""拳皇97",后来我在那里遇到很多邻居家小孩,学校里的小孩,甚至还有大队长。

他打游戏的时候也戴着红领巾与三道杠,他玩"三国志"只用曹操,他眼睛近视很早,镜片特别厚,左眼的镜片还用黑布遮住了。不过尽管他只有一只眼睛盯着游戏机的屏幕,还是有一种指点江山的感觉。再后来的某天,他哭着回家,打游戏机打得太入迷,左袖管上用别针别的三道杠被人摘走了。

关于城南动物园的记忆,相对于城北的水上世界来说,要温暖许多。那里有沙坑,沙坑上有很长很长的铁秋千,坐的地方也是铁板做的,想荡个几轮往往要不停排队。排队的间隙,可以去旁边的摊儿上买根红色的糖精棉花糖。或者可以套圈儿,套你平常绝对不会买的很丑的小玩偶。然后欢呼雀跃,在跳床的时候不小心把它丢掉,顺着跳床的四方格空隙间,漏下去。

跳床我很烦跟住五楼的小独一起玩,因为他爸总是带着他玩,而且他爸总要脱了鞋,臭气熏天,让我失去了吃棉花糖、爆米花、炸鱿鱼与酱粉丝的胃口。
所以住五楼的小独他爸,是我的敌人。

小时候我想当郭靖、想当杨过、想当孙悟空、想当超级赛亚人和圣斗士,就是为了在某个烈日炎炎,所有其他小孩都躲在冰糕摊儿里

在那之后的很多年，我才成为一个青少年，不怕地不怕天，愿意顶在所有人的后面，即使摔倒也会佯装，趁机给身后的黑影也好，怪兽也好，一记阴刀子。

吃冷饮的时候，只有我跟小独父子俩蹲在跳床上的时候，偷偷用打狗棒或者庐山升龙霸把臭脚的他爸给灭掉。

有一天我的确这么试过的，然后他爸在跳床上一蹦，把我跟小独都翘得一米高，再落下来的时候，我的鼻子跟他的汗脚仅有零点零一厘米的距离。

零点零一厘米，能让紫霞仙子看到至尊宝的心跳与眼泪；零点零一厘米，也能让我呕吐一下午。

不过后来小独他爸不跟我们一起去动物园跳床了。
听小独说，是因为经常一起玩儿的小悦妈妈不去了，所以他爸也不去了。
我问小独为啥，小独说他也不知道。
小独说，他爸说小悦她妈妈的"奶牛"大。
我问小独什么是奶牛。
小独摇头说他也不知道。

五年级之后，我们对城南的动物园与跳床产生了莫名其妙的羞耻感。
我们在城南也发现了一个更好的去处，那是动物园的对面，有一条商贸步行街，步行街里有一家录像厅。每天有放不完的动画片，我跟小独在五年级的暑假，补完全集的《足球小将》《灌篮高手》《圣斗士》《黄道十二宫》，还有《七龙珠》的前几部。

那个夏天，录像厅对面的油炸串儿生意火爆，我跟小独的"小猪储蓄罐"日渐体轻。

之后的某天下午，录像厅把我们一群小孩都赶了出去。厅里拥进一群大人，围在电视机前嗑瓜子。他们在看什么我们不知道，从窗外偷偷望进去，几个肥大的身影挡住我们的视线。

关于游乐场，关于城北的水上世界，我又想起另外一个人。还是那群叫着有鬼的小孩儿，大家都在水上世界的围栏跟前，在黑石子堆砌的山头后面的稀疏阳光下，四散开来往外逃的时候，我一个趔趄摔倒在地上，内心的恐惧加倍。

不用提是"躲鬼"，即使是小孩子玩儿躲老鹰之类的游戏，谁也不想当最后一个跑掉的人，谁也不想看着所有人的背影，跑在前面越跑越远。

所以那一刻，趴在地上的我几乎是恐惧到绝望的。住隔壁单元的一个小女孩，跑在前面忽然停了下来。她转身，又跑回到我身边，一边扶我，一边捏着我的衣角往前跑。

起身的两秒钟之后,我做了一个非常不男人的决定。

我一把甩开她的手,两三步跑到她的前面,而且更加把劲地往前跑。在拐弯处我回头看了她一眼,我是后悔看那一眼的。我觉得她的眼神,也是导致我一直被困在水上世界梦境里的根源。她的眼神是那么渴望我等等她,就好像她刚才等我一样。

在那之后的很多年,我才成长为一个中二少年,不怕鬼不怕龙,愿意顶在所有人的后面,即使摔倒也会佯装,趁机给身后的黑影也好,怪兽也好,一记阴刀子。

这些狠招与笃定的决心,其实都来自被我抛弃的小女孩。

所以弗洛伊德说,人的性格都是在少年时候成长。

她成了更自我、更有主见的强势女性,因记恨于我的背叛;我成了无时无刻都想为别人杀妖斩龙的中二傻×,因为愧疚于我的背叛。

其实到现在,好多回忆与细节,我都不记得了。

去年夏转秋冷热不定的那几天,来了一群穿着白衬衫系着牛皮带的香港人,分成两拨,站在城北的水上世界和城南的跳床旁边,指手画脚。从那之后,甚至此时此刻,正有新的楼盘在原来的黑水上和沙坑上拔地而起。

所以说,深夜从来就没有一点儿也不惊悚的故事。
晚安不了,无眠,无梦。

王校

高中时候,学校里面有一个怪人,叫"王校"。这是我们给他的戏称,校长换了几届又几届,学生走了一批又一批,老师有新来的有退休的,但似乎只有他是一直在这个学校的。如果你走在我们的校园里,经常能看到一个身材高大的中年人,穿着很小很窄的不合体的校服,骑着三轮车跑东跑西。

你跟他打招呼:"王校好!"
他肯定会回你:"科学家好!"

他每天早上站在学校后操场的一口老井旁,背唐诗宋词,背古文,背化学元素周期表。白天上数理化的时候,老师讲着讲着课偶尔就会被门口一阵"嘎嘎"的邪笑打断。王校说:"这个解法太垃圾了,我有更好的解法!"说完跑进教室,走到讲台上自己拿起粉笔开始解题。

晚自习的时候,你闲下来竖起耳朵听,偶尔能听到隔壁综合楼上有人在放声大哭。

就连我小舅也知道王校,十几年前他也从那所高中毕业。听前几届的人对王校的评价有很多奇幻色彩,无外乎是很多高中都有的传说,"门口的傻子本来是学校里的年级第一,后来考北大没考上,疯了。"

直到跟王校一起读书的学生又回到我们高中当老师,秘密才被揭开,王校成绩很好没错,但他根本没有去参加高考,因为他怯场。后来他怕家人骂他,就躲在学校很久不回家。之后家人还是找到了他,但发现他早就疯了,精神失常。

久而久之,王校就被学校"照顾性"地留了下来,让他当学校印刷机器的管理员,每天他会骑一个小三轮车,把整车整车的讲义教案分到高一、高二、高三楼下,分给每一个办公室。

但这不是他的日常,他的日常是我刚才说的那些,早晨背书,白天听课,晚上放声大哭。他每天都扬言要参加高考。其实在他刚疯留在学校的前几年,学校试过让他再去考试,但是没用,到了考试当天,他还是躲在厕所里,怎么都不肯去。

我不知道他为什么一直不肯去,却又一直在坚持着这件不肯去的事情。

后来我们都上了大学,有次回到高中,很多老师和同学在聚会。

不知道怎么就聊到王校,有人说,王校真可怜。

喝醉酒的教导主任说,其实王校才是最幸福的人啊。

我粗略地算了一下,王校留在我们那所高中应该有十几年了,他每天都在跟应届的高三生一样"奋斗",可是我们传统意义上的奋斗,不管是努力读书,还是努力工作,还是努力让自己在这个社会上变得更圆滑、更有用、更能站得住脚,我们的奋斗,都只是一种手段,为了达到各种各样的目的。

王校的奋斗,不是得到什么东西的手段,而本身,就是一个终点。
王校的奋斗是幸福。

幸福是所有事情的终点。

其实我想说的是，奋斗从来跟年轻、跟成功与否、跟任何事情都没有关系，奋斗也不一定局限于努力学习、努力工作、努力地过好生活，如果要问奋斗的必要性，那就是幸福感，但不是幸福的目的。目的是个将来式，幸福感是此时此刻的体会。

这让我想到了张艺谋的电影《归来》，电影是根据严歌苓的《陆犯焉识》改编的。好多人说，老年之后的冯婉瑜好可怜，她每天都在想着明天要去火车站接陆焉识，然后每天都没有等到自己想等的人。失望的情绪在一觉之后消失，第二天再接着梳妆打扮好，去火车站接陆焉识。

这在某种意义上讲，不也是一种奋斗吗？
这种奋斗在我们这些常人来看，算是无效的吧。
但我感觉冯婉瑜也好，王校也好，肯定比我们一些人幸福。

我在一个财经学校读书，校园里有很多女生，考证，实习，出国，找工作，很厉害，真的是很厉害。可是某天我注意到一个女生，应该是学姐，这两年都没有见过她。她在校园门口，穿了一身牛仔服，骑着一辆山地摩托车,头发很顺很直很长。后来有幸我在另一个场合遇到她,那个时候她已经是一个帆船运动员。

我不知道是不是我把"奋斗"的观念扩展得太大,还是我们有些人对于"奋斗"的理解太窄,我觉得奋斗是你能一边很努力很努力地做着某件事情,一边能同时体会着幸福感。

如果真的你现在所处的奋斗让你体会不到丝毫幸福,最起码在我的理解上,不是奋斗。

最后还是想怀念一下我高中的王校,不知道从哪里看来的一句话,说:当所有人都认为你向左的时候,我知道你一直向右。

乔，维里

好多人问过我笔名的意思，其实我的昵称正确读法是：乔，维里。乔是昵称的"姓"，维里是昵称的"名"。我有的时候也叫乔维，有时候也叫乔里。这三个名字几乎包揽我所有社交软件的昵称。维是王维的维，因为我很喜欢古代的诗人王维。里是我取的"你"的谐音。乔就是一个姓，但不是我的姓，是我发小的姓。
所以这必然是一个与我发小有关的故事。

她姓乔，小名叫乔乔，女孩，小我四个月零三天。我曾经给她许过一个承诺，我说以后我写的每个故事里都会有一个人姓乔，就是她的小孩。

听起来很奇怪。

因为她可能这辈子不会有小孩了。

我俩都七岁的时候，新年的某一天，乔乔执意要拉我去小区的喷泉池塘里放鞭炮，她说池塘结冰了，我们可以在上面滑冰，可以在冰窟窿里放炮。

我嗦了嗦娃哈哈的吸管，摇摇头不愿意出去。

乔乔赌气自己跑了出去。

之后的事情，细节我无从知晓。

只是听说她一不小心掉进池塘刺骨的冰水里，很长一段时间才被她妈妈发现。第二天傍晚，我带着橘子、娃哈哈、旺仔小馒头去医院看她的时候，她正抱着一个枕头，半蹲在病床上。

我问她，你在干吗呢？

她摇头说，我也不知道。

我问她，你怎么了？

她摇头说，我也不知道。

于是我也学着她,抱起另外一个枕头,半蹲在病床上。过了一会儿乔乔说:"医生跟我妈妈说,我以后不能生小孩了。"

那个时候我完全不懂这句话,甚至直到我二十二岁的今天,我也无法完完全全、百分之百、设身处地地思考"无法生育"对于一个女性来说究竟意味着什么。作为男性无论我怎样去理解这种伤痛,我也无法触及万分之一。

后来她妈妈也间或提到这件事情,跟掉进池塘有些关系,但主要也是因为乔乔的先天体质很不好。

那天傍晚我一边给她剥橘子,一边问她,不能生小孩,你会不开心吗?

她说,会啊。

我问她,为什么?

她说以后就没有一个宝宝可以疼她爱她了。

我点头,我又摇头。

但她看起来是特别难过的。用一个七岁的小孩所能表现的最大程度的失落来表现,让另一个七岁的小孩理解她在经受他所能理解的最大程度的失落。

我趁着新年，家里客人多。

从我妈的枕头下面拿走我的压岁钱，跑到百货商场和玩具店，买了她喜欢的芭比娃娃，她喜欢的 Hello Kitty，她喜欢的米老鼠，她喜欢的水冰月。还买了我喜欢的变形金刚，我喜欢的奥特曼，我喜欢的铁甲小宝卡布达，我喜欢的圣斗士星矢。

满满的两大袋子，玩具店老板笑开了花。

我也笑开了花，我想这下乔乔有救了。

我来不及拉上棉袄外套的拉链就呵着热气跑到医院。

乔乔还是那样，抱着枕头半蹲在病床上，她妈妈在跟来探望的亲戚说话。

我把两大袋子玩具甩在病床上。

乔乔说："可是我现在不想玩儿。"

我说："笨蛋，这不是用来给你玩儿的。"

乔乔问："那是用来干什么的？"

"讲故事啊！"我跟乔乔说，"这些玩具都是你的小孩，乔比娃娃，乔 Kitty，乔布达，乔冰月，还有还有，乔金刚，乔特曼，乔老鼠，哈哈，还有圣斗士乔乔。"

乔乔说，你这个人好奇怪。

那天我给她编了好多故事,乔比娃娃在森林里迷路了,碰到坐在树上吃蛋挞的乔 Kitty,她问乔 Kitty,太阳城堡怎么走,乔 Kitty 说,沿着森林里的一条小溪,一直走一直走一直走,走一万年,就到了。乔乔大失所望,那肯定到不了太阳城堡啊!

我说,别怕别怕,还有乔布达。乔布达是铁甲小宝卡布达的妹妹,她也可以用飞翔机器人,让飞翔机器人带着乔比娃娃飞,半天就可以到达太阳城堡。可是太阳城堡有一个守卫,叫乔金刚,她不喜欢外人进入太阳城堡。

乔乔瞪大了眼睛,说那怎么办啊?

我说,别怕,我们有乔冰月啊,她的月棱镜威力,可以打败乔金刚。故事讲得我口干舌燥,乔乔和她妈妈在旁边听得目瞪口呆,我脱了棉袄外套手舞足蹈。

最后乔乔问我,可是,乔比娃娃为什么非得要到太阳城堡去呢?

"呃,这个嘛。"我挠头,"这个我还没想好,总归她一定要去就是了。"乔乔若有所思地点头。

到了晚上,我妈妈接我回家吃饭。

我把玩具塞进乔乔病床旁的抽屉里,跟她说,这些玩具都是你的小孩,你可千万别把她们弄丢了。

乔乔超认真地点了三下头。

我从小就喜欢编很多故事,天上地下,噼里啪啦。有的时候我也编一些很粉嫩、很少女心、很玛丽苏的故事来哄姑娘开心,可是从未成功。
相信我的人,只有乔乔一个。

后来我变得很中二,我写过忠义难两全的大将军,写过琴瑟琵琶逍遥在外的贤士,写过冷酷无情动辄杀人的杀手,写过腰缠万贯的富贾,写过胸怀天下的报国之士,这些都是古代的;现代的人物就更多了,霸道总裁,帅气学霸,面瘫少爷,蹬三轮的瘸腿儿,卖房子的小中介,大人物小人物。虽然看的人不多,但我大多都会发给乔乔看。

其实她也并不会认真地每一篇都看,因为实在太多太多了。
X哥说,把你的故事打印出来放到公共厕所,全城人一年不需要带厕纸。
我说,是啊是啊,特么的,哈哈哈。
这些故事里,总有那么一个人姓乔,当然这个人的角色不会太丑,不会太笨,不会太悲惨,最好是个女孩儿,不然乔乔会不开心。

其实我生活里是个挺糙的人,我曾经把芝士面包泡在酸菜牛肉面里,吃得津津有味,室友说我这个人简直奇怪。

所以我似乎从未做过所谓浪漫的事,但我把"乔"这个姓,留给我故事里的某一个人,某一个安安稳稳度过一生的人,某一个感叹岁月长河的人,我觉得是我为数不多的小浪漫了。

仅仅作为发小,好友之间的小浪漫,也是足够了。

X 哥问我:"万一乔乔以后嫁不出去,你会不会娶她?"

我说:"我不要,她打游戏简直菜,她永远在走到一半的地图上就先死掉,留我一个人吃各种子弹。"

这都是玩笑话,因为我完全不担心她嫁不出去,我知道总有一天她会遇到一个金光闪闪的人,给她一个带着"乔"姓的美好生活。

金光闪闪的人,我为什么想到了少林寺铜人,十八金刚罗汉?

终有一天会死去

今年二十二岁,第一次看待"自己终有一天会死"这个问题大概是两年前的这个时候。
来源于一次误诊。

那天我拿着一份意味着宣判书一样的报告单,蹲在医院一楼楼梯下面的凳子上,那边被楼梯遮住,连个光线都照不进来,我做的第一件事情,竟然是掏出手机,上网,百度(因为我已经不敢再走进医院科室里问医生了)。

百度的关键词是：××××病，还能活多久。

其中让我至今仍记得的一条回答特别全面，前面讲了好多，这种病症的大概起因，目前国内外的研究水平，一些防范措施，一些易得的人群，分了一、二、三、四、五很多期对待这种病症。然后我一边滴汗一边用大拇指滑手机，让屏幕往下滚动，上面说依靠治疗可以控制什么的，滑动到这条答案最后的最后，就俩字："会死"。
看到那里我就不再搜查别的资料了。

然后去医院对面赶公交车。
我是一个对陌生人很抗拒的人。比如在公交、地铁上，会给需要的人让座，但我很抗拒别人聊天的声音，很抗拒别人不小心碰到我。那天我在公交车上跟一个老爷爷居然聊起天来，这算是我第一次在外面跟陌生人聊天超过十句以上。
没别的原因，那个时候，我特别羡慕车上每一个比我年纪大的人，更羡慕老年人，因为那个时候我觉得，我肯定活不了这么大。

那时候大概是中午饭的时间，我下了公交车几乎是毫无目的地到一家商场里闲逛。我去了一家从没去过的咖啡店，鬼使神差地办了一张会员卡，店员说下次来就可以优惠了。

我在算还有几个下次。

虽然是男生，但我还挺喜欢逛街买衣服的。
那天可能也想让自己心情好一点，我逛了几家平时很喜欢但比较贵不常买的店，很惊喜的是有一家店在搞促销。

我索性试穿了一身，裤子，衬衫，外套。
店员说现在买很划算，我已经打算掏钱包了。
然后店员忽然补了一句话，我听了之后转身到试衣间换下来走人了。
店员说，这些衣服都是今年新款，明年还可以穿。我脑子里像过电流一样，明年还可以穿？？？
我不敢确定我明年穿不穿得到。

我不知道是我那几天恰好看到触动到自己的电影，还是因为那特殊的几天不管看什么电影我都能被触动。
晚上回宿舍之后，我随便在线看了一部《暮光之城》，到现在我都不知道是具体第几部，情节我也完全不记得，但我记得几秒钟的画面，女主因为男主的不辞而别，一个人坐在房间里颓废，电影给了一组镜头，从十月到十二月，女主就那样坐在窗前观望。

我忽然觉得就这样坐着,坐在一个能看到景色的窗户跟前,窗户外的景色在随着季节变化。春风吹,夏天蝉鸣,叶子变黄飘落,开始飘雪,一个月两个月,一年两年,十年二十年,真的是太幸福的人生。

我突然很想要一个能看到四季变幻的窗户。
那几天我没敢跟家里讲这件事情,我的打算是等着最终确诊之后,退学回家。
我记得那几天爸妈给我打过一个电话,我家里正好在装修新房子,我爸跟我说房间贴什么样的墙纸,请了怎样的设计师设计吊顶和吊灯,我妈在抱怨我爸把所有的家具都买成实木的,太沉,搬不动。

我是一个很不善于跟父母表达感情的人,打电话的时候很简短,也很不耐烦听他们的唠叨。
那天晚上我附和着他们聊了很久,我觉得我在靠近幸福的边缘却永远也得不到幸福,就好像电视剧《穹顶之下》,被隔开的透明墙分成两个世界,穹顶之下的人再也触摸不到墙外的世界。

后来证明我的隐瞒是正确的。
是误诊。
但这次误诊给我的生活和观念带来了很大的变化,我开始变得小心翼翼，为了确定真的是误诊，我几乎跑遍整个城市所有的三甲医院，那段时间光是检查身体就让我入不敷出。

接着是后面慢慢对我思想的改变，我开始变得特别害怕突如其来的变动，特别想要一直保持一种状态，怎样的状态都好。
但也让我有点多虑多疑，就比如早晨起来的一秒钟之后先体会一下身体哪里不舒服，如果有一点不舒服，马上准备去检查。这种行为让我父母很不理解，说我没出息，没有大男子气概，没有阳光朝气。

我特别想到北欧去，住一间全是白色的房子，睡白色的床，在白色桌子上看小说，穿白色的衣服和拖鞋，有一间之前提到的窗户，站在门口喝白开水。等待死去。
我过第二十一个生日的时候，从手机里选出六张以前存的风景优美的图片，图片的拍摄地有北美，有日本，有北欧，还有澳大利亚。我跑到学校外面的图文店里彩印出来，又跑去装裱，回学校挂在了宿舍的墙上。

然后我许愿说：希望毕生能够追逐到能够安身其中的美景，然后告诉自己，就这样过下去吧。
就这样过下去吧。

点到即止

互相喜欢的人明知不可能有结果,要在一起吗?从刚进冬天的时候我就在想这个问题,现在夏天都快来了。我对这个问题的看法经历了两个截然相反的阶段。

几个月前我一直是持反对态度的,互相喜欢的人明知没有结果,就不要在一起了。我对爱情的理解一直停留在一个"唯结果论"的概念上。

有了结果的爱情,才叫爱情。没有结果的爱情,只能叫往事,或者叫浪漫。这是我之前几个月的理解。

我是一个挺尴尬的性格,在感性的问题上我总用太多的理性,可在理性的问题上,我经常感情用事。而且,我一直崇尚点到即止的浪漫,大概是一个受"王家卫式情感"影响太深的少年。

点到即止。

"点"到意味着互相喜欢,"即止"意味着就这样吧,然后就没有然后了。所以经常看我的读者总会奇怪或者疑问,为什么我的故事里,总会有各种各样的姑娘?还有人问我,究竟有没有在一起?究竟跟谁在一起了?

没有。

其实我所写的故事里的姑娘,我都遇到过。小满,送辅导书的姑娘,发小,年夜饭偶遇的女孩,出国的女孩,移民的女孩,同为吃货的女孩……

可能是我天性比较敏感,比较注意细节,我记住她们,在脑海里她们一个一个来来走走,一个一个放到晴天、雨天,放到下午、傍晚,放到中学、大学,放到路边,放到公园,写一个又一个的故事。

点到,即止了。

这就是结局。

我以为这样叫浪漫。

浪漫这个词，跟片面化，跟戛然而止，跟忽然遇到又忽然找不到的情节很合衬。

这是我几个月前的想法，上一个冬天的想法。可为什么又改变了呢？

前几天我本来想回答知乎上一个关于歌词的问题，问题大意是，哪首歌词最后一句让你回味无穷。

我想写《十年》，因为《十年》前面唱的所有的所有，都是浪漫的爱情故事，只有最后三句是现实。

无论我们爱了十年还是几年，无论多么难忘，多么刻骨铭心，我们或者真的一辈子不会忘记，但真的可以就这样不爱了，也真的可以就这样爱别人了。

然后我想写一个这样的故事，爱了很多年，分分合合异地异国，最后不爱了。我一直在挖空脑子想这个问题和这个故事，我始终还是没想出来。因为《十年》这首歌太奇怪了。它在唱十年之后的事，它告诉我们十年前的爱人是十年后的陌生人，但它没有告诉我们，这十年该怎么过。一年三百六十五天，十年就是三千六百五十天。怎么过？反正我是不知道。

因为我已经很多年没有跟谁在一起过了,别说十年了,十天实实在在的爱情故事,我都写不出来。我只擅长于写相遇,写邂逅,写互生好感,写戛然而止。这是我写故事的短板,也是我感情生活的缺陷,更怕会成为我以后的遗憾。

因为我之前所理解的爱情,爱情观,错了。
真错了。
爱情不是唯结果论,爱情是一个唯过程论。

其实我们不应该区分爱与爱过,爱情这个词语没有时态的限制与约束,即将爱、正在和爱过,都是爱情,都需要经历。
即使真的从一开始就意识到毫无结果,那又有什么关系啊?

因为"爱情"真的是跟"结果"一丁点关系都没有。
爱情只跟过程有关,只跟当下有关,只跟今天有关,只跟此时此刻有关。
所以我会对"对这个问题有疑惑的所有人"回答,互相喜欢的人明知道不可能有结果,也要在一起吗?不是也要,是一定要在一起啊!

在鸟语花香、云淡风轻、有大太阳的时候,吻她吧。

在世界即将末日、洪水滔天、恶龙咆哮、地狱之火漫山遍野地燃烧的时候，带她找一个高高的断楼，爬上去，坐在歪歪斜斜、摇摇晃晃的天台上，四周惊天动地，然后也一定要吻她吧。

因为我已经很多年没有跟谁在一起过了,别说十年了,十天实实在在的爱情故事,我都写不出来。我只擅长于写相遇,写邂逅,写互生好感,写戛然而止。这是我写故事的短板,也是我感情生活的缺陷,更怕会成为我以后的遗憾。

因为我之前所理解的爱情,爱情观,错了。
真错了。
爱情不是唯结果论,爱情是一个唯过程论。

其实我们不应该区分爱与爱过,爱情这个词语没有时态的限制与约束,即将爱、正在和爱过,都是爱情,都需要经历。
即使真的从一开始就意识到毫无结果,那又有什么关系啊?

因为"爱情"真的是跟"结果"一丁点关系都没有。
爱情只跟过程有关,只跟当下有关,只跟今天有关,只跟此时此刻有关。
所以我会对"对这个问题有疑惑的所有人"回答,互相喜欢的人明知道不可能有结果,也要在一起吗?不是也要,是一定要在一起啊!

在鸟语花香、云淡风轻、有大太阳的时候,吻她吧。

在世界即将末日、洪水滔天、恶龙咆哮、地狱之火漫山遍野地燃烧的时候，带她找一个高高的断楼，爬上去，坐在歪歪斜斜、摇摇晃晃的天台上，四周惊天动地，然后也一定要吻她吧。

离开 ed

其实所有的离开,都不是发生在离开的那一瞬间,而是或长或短的时间之后,你忽然回想起那次离开的一刻。

五月份我跟一位高中朋友一起探望重病的老师,那天下午下着雨,我上午踢球赶场没来得及吃饭,跟她一边走一边啃着她买的菠萝派。她说你别在路上张那么大嘴啊,都是雨滴!我嘿嘿笑着。

从老师家出来之后已经下午五点多了,刚上出租车就收到老师的微信，嘱咐我们路上小心，按时吃饭，说下次再聚。

车上朋友跟我聊起近况，交了又分了的男朋友，约了又黄了的各种旅游，找了又辞了的工作，好了又坏了的心情。

那天我们没有一起吃饭，她说要回去赶论文。

七月初的某天中午，我在单位吃着早就冷掉的工作餐，所有吃饭的没吃饭的人都行色匆匆，我也只能在慌乱中掏出手机翻看消息。

班级群里有人说时间，有人说地点，有人说捐款，有人说买花圈。

最后我看到讣告，重病的老师在前一天离开人世了。

吃着吃着，冷了的鸡腿是真的啃不下，硬了的米粒也是真的咽不下，更别提早就凉了的汤，泡个饭好像他妈的猪饲料，我把饭盒甩到垃圾桶里就冲出去了。

其实那天谁也没惹我，冷静下来之后我给上次一起探望老师的朋友发微信，想问她有没有时间一起去追悼会，才发现不知道什么时候，早就被删了微信好友。

电话也打不通，短信也没人回。

第二天在追悼会上，我还是看到她了。穿黑裙子，哭的时候没有一点声音。

遗体告别结束，人群渐渐四散。我往横向走，她往纵向走，我们在一块地砖里面相遇了。

我觉得我可以有很多话，可以安慰她，可以问她之后去干吗，可以问她为什么删我。

然而她跟我朋友说了几句话，就目不斜视地往前走了，留我一个人站在大地砖里，上午十一点多，七月份的大毒日头。

其实我知道她删我的原因，病重然后又去世的那位老师，是她很尊敬很喜欢的一位老师。

她删了我删了好多人，她在跟自己的过去告别。

可有些不甘心的是，我也是她要告别的那一部分。

以前高中坐在前后左右的几个同学，上大学之后还是很好的朋友。

刚毕业六月份那会儿，大家聚在一起吃饭，说真好，毕业之后都在南京工作。

之后酒喝嗨了，又聊到以后一起带妹子出来浪，商量着在哪里一起买房，离每个人的上班地点都一样近。

酒场结束的时候已经凌晨了，互相搀扶着打车回家。

我在出租车上一直发笑。司机问我，是刚毕业的小伙子吗？我说是啊是啊。

司机寒暄说,一看就是找了好工作,如今工作真的难找。

我笑着说这倒无所谓,以后几个好哥们能常出来聚,这最重要。

司机也笑了,然后我听到他放在身前的对讲机里,也有几个嘈杂的声音,似乎是一起开车拉活儿的同事,也嚷着夜班结束后去哪里喝酒吃烧烤。

那段时间我觉得毕业之后就是幸福的天堂,就快要跟自己喜欢的一切在一起了。

然后没过多久,有人说忽然要去德国读书了,有人说忽然被家里安排去北京打拼了。

大家只在微信群里匆匆道别,我上班也开始焦头烂额,连送别的机会也没有。

现在想起来,最后一次见面昏昏沉沉的记忆都是模糊的。

我小时候曾离家出走,可以说是驾轻就熟。

对于出走我一点都不恐惧,因为我据点很多。

穿上鞋,噔噔噔下楼。往左走可以去我大姑家,往右走可以去我外婆家,往前直走可以去我爷爷奶奶家。

大姑家开理发店,我一路小跑过去,她总会笑嘻嘻地给我剃个头;

外婆家人很多，舅舅阿姨都在，桌子上总有各种糖果瓜子；到爷爷奶奶家就更不用说了，坐下来就会有奶奶的热面条端上来。吃饱喝足，再剪个帅气的平头之后，我爸总会牵着自行车出现在大姑家或者外婆家门口，驮我回家。

现在不是这个样子了。
我妈总说孩子大了，要离开家了。
其实我也不知道，我是从什么时候开始,算作真正意义的"离开家"，小时候一次次的离家出走算不算？背书包上学校算不算？高考那天早上一手攥着酸奶一手攥着古诗词考点，拐个弯出小区门,算不算?

还是说现在工作了，自己出来住就算了?
还是说要等到以后成家了，有自己的家庭，才算?
或者是，就在昨天中秋节，我妈问我怎么还不回家过节，爷爷、奶奶、叔叔、大伯都一起吃饭呢？
我说单位很多事情好忙好忙，从领导到员工都好忙好忙,回不了家了。
这个时候，我已经，离开了家吗?

所以说，在我看来，离开这种事永远属于过去式，它一直是毫无觉察的。

我们永远无法经历"离开",我们只能眼睁睁地,在某一天某一夜回头看、回头想,才发现"离开"早就发生过了。

离开 ed。

那天我绝对想不到走在我前面带路去探望老师的朋友,会在未来不知道几天还是几十天之后,删除我的微信好友,拉黑我的联系电话;嘱咐我们要按时吃饭的老师,那时候我也完全无法想象他在两个月之后会躺在一团花簇中间,让我们一边流泪,一边道别。

一起在酒馆里喝酒抽烟、欢声笑语吹牛×的朋友,一边骂着房价一边嚷着一起买房,语气里既有漫不着调,也有信誓旦旦,可没有半个月就要各奔东西。

我们总会在日常生活中,甚至一天当中,经历无数次告别。每一次告别都用力的话也太矫情了,正常人办不到也没必要做到。

然后真正的"离开"就在这个缝间飘过了。

"离开"的体验,有后悔,有恍然大悟,有惋惜,有悔恨。

当然还有无助,无奈。

这也是"离开"里最大的体验——无助和无奈。

因为过去的、已经发生了的事,谁有办法改变?

我把八岁那年以北坏以北当作毕生
想逃却逃不到的故乡。

哪里是我的家

十二岁那年刚上初中,一天大概想十遍,什么时候能离开家。每想一遍,心痒一分,百爪挠心。

二十岁的时候离开家已经很多年,走到路上总会有种隐约的错觉,这条巷口跟小时候的某条街真的很像,一边走一边回头,从这个角度看更像了。

大学里的每一次考试,出了考场我总会立马掏手机,订回家的票,然后把一堆烂书甩给回去的室友,直奔校门出去。

现在二十二岁,越来越想回家,但也总是在思考一个似乎永远也找不到答案的问题,究竟哪里才是家?自己的出生地是家?有家人的地方是家?待久了的地方是家?好像都不是很确定。

我至今仍记得八岁那年离家带来的快感,暑假里的某一天,爸妈都上班了,昏沉的下午两点半,我用我妈的眉笔在白花花的墙上留下几个大字:"爸爸妈妈我走了,我去找宝藏"。当时"藏"字我不会写,查了很久的《新华字典》,差点放弃那次探险。

然后我出门,在家门口把我爸种的"看石榴"拔掉一截,把备用钥匙塞进去,一边藏一边觉得自己是一个即将浪迹天涯的天才。然后下楼,觉得脚底冰凉,低头发现没穿鞋……尴了尬,重新上楼换了双星球鞋继续我的征途。

那天我一路向北,走了很长很长的路。
路过不卖百货只卖衣服的百货大楼,绕过吵闹的菜市场,穿过狭长的平房巷口,还有人烟稀少的体育学校,阴森森的火葬场,走到了北外环外。

外环上一边是葱郁的高大树林,树林之后是农村;一边是宽敞的柏油外环路,拖拉机跟货车突突而过。我走啊走,走啊走,口袋里揣着悠悠球,时不时掏出来玩两下"睡眠"。

说来也是幸运,那天下午我一分钱都没有带。我心智发育比较迟缓,八岁的时候对于钱之类的还没有一个较为明确的定义。可当我那天又累又渴的时候,就刚好路过一个西瓜摊。

硕大的西瓜挤在许多个竹篮筐里。
我也不想再往前走了,就蹲在瓜摊的棚子支架旁,缠悠悠球的线。
其实我是想蹭瓜吃的,但八岁的我不知道怎么开这个口。
然后卖瓜的老大爷就过来了,"小孩,想吃口瓜吗?"
我摇摇头,然后一把接过他递给我的西瓜。

我不知道那天下午,我爸是怎么在北外环外的西瓜摊上找到我,然后一把把我拽回家的。
这大概是天底下父母的本领,他们对自己家的熊孩子有着神奇的感知能力,这大概也是我最开始对家的唯一理解。
那天下午我爸给卖瓜老伯说着抱歉还掏了瓜钱,我坐在他的自行车后座,手里捧着两块儿西瓜,吃了他一后背。

回到家之后我的脸是肿的，屁股是疼的，头是蒙的，可能是因为我一往无前的探险旅途而挨揍，但更可能的是因为我妈的眉笔，我爸的看石榴，还有我家白花花的墙……

我之所以对这段旅途难以忘怀，是因为时至今日，二十二年来，我似乎也就那么一次主动、自我选择、义无反顾、兴高采烈地"离家"。

中学之后，我爸问我愿不愿意去省会读寄宿学校。

我说我也不知道啊。

大学前我爸问我要不要去很远的地方读书呢？

我说我也不知道啊。

毕业之后家人问我，还要回家来工作吗？还是去别的什么地方？

我说我还是不知道啊。

然而我还是这样被动地离开了，去省会去很远的地方，然后我又被动地留了下来。但更让人疑惑且迷惑的是，我在"被动"的情况下，竟然不知道我是确切地被谁而动，被什么而离开，被什么而留下，因什么而离家，因什么而回家。

真像个无奈的绕口令。

所以渐渐地，在每一个来回奔波的早晨晚上，都会有想回家的冲动。

想回住所好好洗澡睡觉,想跟家人团聚然后睡很长很长时间的懒觉,也想去很远的地方,终日无所事事。

总之我现在变得越来越想回家。

可是我却越来越不知道究竟哪里是家,能洗澡睡觉的住所,能跟家人团聚的家乡,还是很远很远的无所事事的远方。

每次节假日前的几天我总会因为要回家而兴奋不已,可当我真正在拥挤的地铁里去高铁站,或者坐在高铁上看着列车外转瞬即逝的陌生的树跟农田的时候,我心底总会有莫名的恐慌往外泛。

这种情况在时间较短的"小长假"里更为明显。

后来我知道,造成这种恐慌的原因是我对于"回家"的一种已知的短暂感。

这是矛盾的,回家与短暂感是矛盾的。

"家"不应当给人以短暂的感觉,家应该是长久的,应该是一成不变的,应该经得起岁月的沉淀,应该有老院子、老灯光。

不应当是在还没回家时,就已备好回程票的短暂旅程。

当然,你在工作之地的住所更不能称之为家,因为我打心底都认为工作是不断变化的,更不要谈现在的住所。

那么就让我疑惑了，究竟什么地方才是家。

大四的时候，我在学校旁边的小区里租了一居室，一边复习考研一边四处奔波面试。

有一天下午，四点多钟我从漫长到发昏的午觉中醒过来，坐在桌子上喝白开水。我左侧的阳台上雨棚的线被我系在推窗的把手上，有下午的阳光从窗户玻璃反射到我的眼中。那个小区环境还算不错，再往后走有一排一排的小洋楼，拐角的一户种了满园的玫瑰。

我看下日期发现是我二十二岁的生日了。

我无聊地刷着豆瓣，看到一组很美的摄影作品。

有白色的花，有参天的树，有看起来就很冷的清晨，有淹没在林荫中的小路，都太美太美了。

这些陌生的事物，让我胸口一暖，有一种找回家的感觉。

然后我发朋友圈给自己的二十二岁许愿，说希望毕生追逐到能够让自己安身其中的美景，然后告诉自己，就这样过下去吧。

"安身其中的美景"，不就是家的感觉吗？

我提过毛姆的那句话：有些人诞生在某一个地方可以说未得其所。

机缘把他们随便抛掷到一个环境中,而他们却一直思念着一处他们自己也不知道坐落在何处的家乡。

这让我更加对"家"的感觉又迷惑又清晰,对于"回家"也更加的迫切。

我慢慢开始理解,"回家"其实是世界上所有的人都必经的一段旅程。而"家"根本不见得就是你的出生之地,你的家人所在之地,你的长居之所,而是你人生的终点,每个人穷其一生都在找寻着家乡。有的人找到爱人,于是他告诉自己找到了家乡,有的人在海外漂泊多年终于返乡,他告诉自己家就是自己的出生之地,他的"回家"旅程于是就成了一个首尾相接的圆,有的人找到失散多年的亲人,于是亲人在哪里,他们就把哪里认作家乡。

这些能够在有生之年找到家乡的人,都是幸运且值得庆幸的人。

和尚道士们认为死亡是家乡,诗人们认为月亮是家乡,西太平洋里的安康鱼把最深的海底当作家乡,这些人抽的人生的半签,虽然有生之年无法追寻,但他们知道自己家乡何处。剩下的人便如毛姆所说,他们既不幸,又知道自己的不幸。

他们认为自己未得其所,却一直思念着一处,自己根本不知道的故乡。

所以自从八岁之后,我就一直羡慕八岁那年的夏天,我换上球鞋,拔了看石榴,丢了钥匙,出了家门,义无反顾地走过百货商场,走过菜市场,走过平房,走过体育学院与火葬场,蹲在瓜棚下啃着瓜,脑子里全是自己要沿着北外环路一直一直往北的念头。

那时候我不知道毛姆也不知道故乡,而现在,我把八岁那年的北环以北当作毕生想追却追不到的故乡。

有点怀念十五岁夏天坐在大巴车上玩"斯巴达幽灵"的自己。

▶ 招生办四点关门

2009年夏天,我初中毕业,十五岁。

那一年,PSP3000开始在这座城市流行。能抱着一台蓝色或者黄色的游戏机在大街上,一边肆无忌惮地横行,一边玩着"斯巴达幽灵"的少年,都是既富有,又有情怀且兼怀中二之心的赤诚之子。我也想当这样的赤诚之子,更重要的是,我超级想玩斯巴达幽灵。

于是我跟我爹狂求,跪求。

我爹从鼻子里哼了一口气,"行啊!你考上一中我就给你买。"

这是中考的前三天夜里,我爹跟我说的话。在那之前,我一整年的初三模拟里,都离一中线差了三十几分。嗯,没错,那次中考我考得比平常还屎,差了五十几分。

可是在出成绩之前,确切来讲,是考完的第二天,我早上爬起来就扎进楼下的报刊亭里,用买早饭的钱买了当天所有的报纸,和两包五毛钱一包的辣条。我一边舔着辣条,一边被辣得急速呼吸,一边记忆登在报纸上的中考试卷答案。

等我把试卷上每一道选择题都记住,每一道客观题都会写了之后,舔了舔辣条袋子,往家赶。把报纸往刚起床正揉腰的我爹面前一放,说:"我直接再做一遍,你对着答案估分,你觉得我能上一中你就给我买。"

于是一个小时后,我爹书房里传来他的惊呼:"除了作文只错了十二分?!?!"
这十二分还是我故意错的,呵呵。
我问我爹,买不买?买不买?
我爹说,买买买!买买买!
于是我成功套路了一个蓝色崭新的PSP3000。

那个夏天的前半段,我的生活里都充斥着空调、西瓜、旺旺碎冰冰和玩着"斯巴达幽灵"时候的无法用语言形容的、愉悦的感觉。
直到中考成绩出来的当天。俗话说得好:玩套路一时爽,出成绩火葬场。
老家墙壁上,至今留有一块黑色的如彗星划过般的印迹,那是我爹特地换了皮鞋踹我,在墙上蹭出的痕迹。

我还记得彼时我妈发出心疼的惊呼:"啊!我给你新买的意尔康——"总之我爸太生气了,第二天便决定把我发配到隔壁的隔壁城市,省会南京,去读私立高中。准备让我一个人在南京生活三年,度过我从十五岁到十八岁的聒噪的中二的不要脸的青春期。
那天晚饭我爸把那所学校的招生简章,报名费与第一年的学费、车票、生活费一巴掌拍在我面前,说:"你自己去吧。能报 A 班就上 A 班,能报 B 班就上 B 班。"

那天傍晚不知道为什么家里没开空调,室内又热又闷。我的反射弧估计热胀冷缩了,让我变得很迟钝。我脑子里不知道为什么还在闪着斯巴达幽灵里,奎托斯行走在亚特兰蒂斯的地图上,雄赳赳气昂昂。他一定认为他从出场开始,就注定会在全世界那么多那么多的

PSP3000 里，虐爆全场，刷到最后的大 BOSS 关并亲手取下他的头颅。

于是我揣起要带的东西跟 PSP 就上车了。第二天早上五点钟的大巴，摇摇晃晃，在服务区撒完尿，上午十一点才磨蹭到南京。我一个人蹲在客运站的出站口，从包里摸出一包辣条，一边啃一边看地图。

我用食指比画着路线，然后再抬头对照着哪哪条路上的哪哪个公交站或者地铁站，一声不吭地找着。也不能说是心静或者心沉，是根本就没去考虑别的事情，就一步一步往下做就可以了。

这是我在快要十六岁那年夏天悟出的道理，有些事情，特别是你不想干的事情，你不要去想，甚至就在干这件事情的时候也不要去想，就硬着头皮干下去，时间很快就过去了。

途中我坐反地铁两次，这样也导致我换乘错公交车两次，坐反公交车一次，坐过站一次，最后打车被坑一次。
下午四点半，才磨蹭到学校。

细胞 VS 辣条

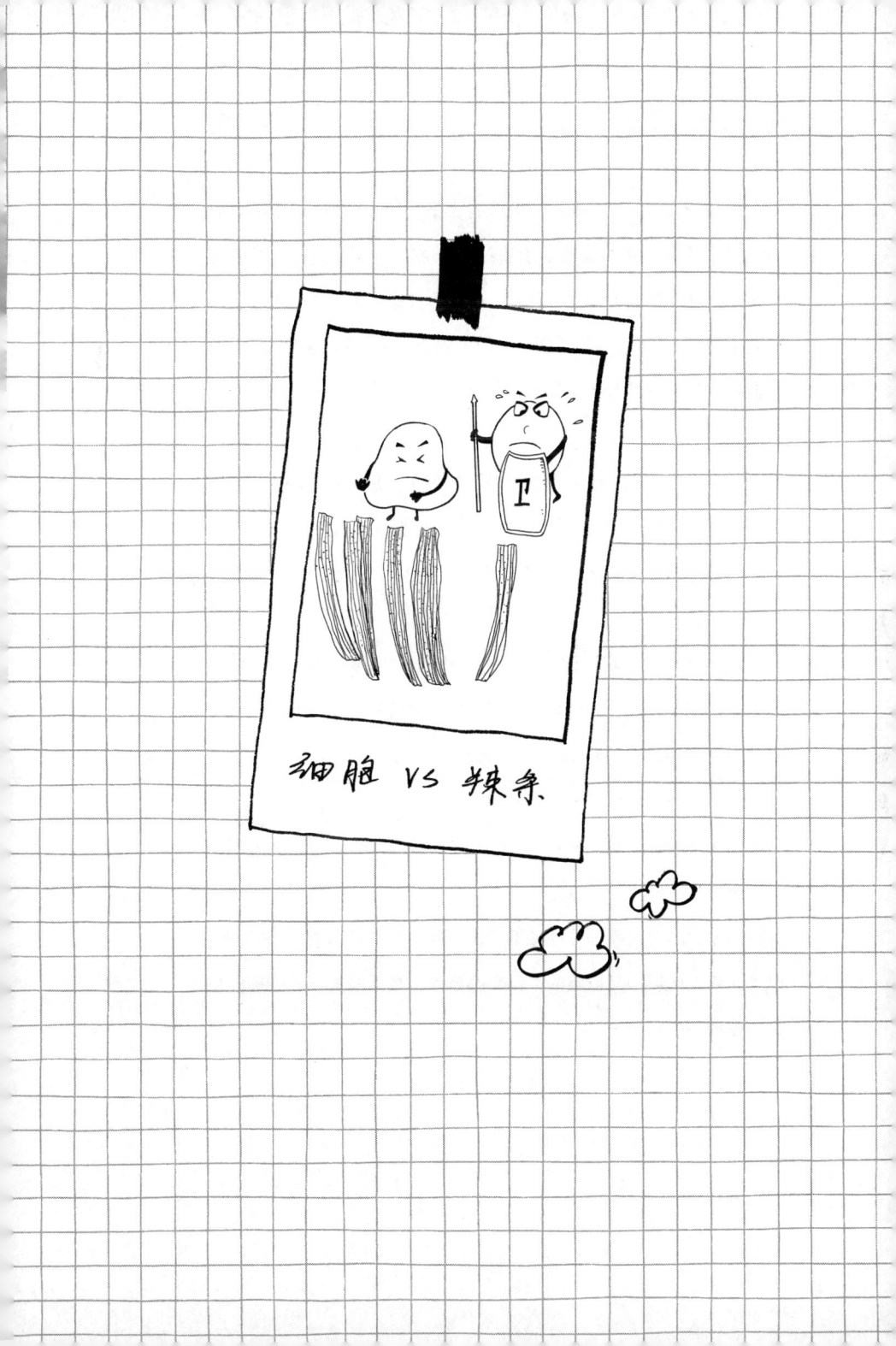

那时候我的胃啊脑啊心脏啊，我全身上下的每一个细胞，都在消耗着我早上舔的一包辣条所给予的养分与ATP。果然这些器官都是傲娇的存在，平常会像排斥病毒一样排斥辣条，肚子表示痛啊，舌头表示辣啊，大脑表示想吐啊……但等到我胃里只剩下辣条的时候，它们又屁颠屁颠地开始工作运转起来。

然而那天，比我的脑心肚子等更傲娇的存在，是招生办四点半钟就关闭的大门。我赶忙把钱掏出来点了点，发现当天必须把钱给交上。不然，有开房睡觉的钱就没有回家的车票钱。

于是我一阵猛跑冲刺抓住三楼保安的袖子，"师傅！招生办人呢？我来报名交学费！"师傅表示四点半招生办就下班了。我表示今天必须得交，不然我就要流落街头一天。

师傅伸手往背后的楼下一指，"那边有个等校车的地方，你看看校车走没走。"
我抄起地上的书包就呼呼往楼下赶，其间经过那时候我还不知道的，以后让我无比惧怕又依赖的：语文办公室，数学办公室，物理办公室，各种办公室……

然后在校车接送点旁边,我看到开校车的司机还蹲在外面抽烟,证明我还有那么一丝丝时间把招生办老师找出来。可一抬眼这些老师都长一个样,男的像前列腺炎三四年的患者,女的像更年期提前二十年的拆迁钉子户主妇。

我站在石凳上大喊:"哪位是招生办的老师?我要报名啊!!!"然后我把自己都给吓住了,聊天的老师安静了,路过的保安站定了,天上的云也不动了,只有他妈的知了更大声地叫着。
然后一个中年妇女吭了一声:"干么事?招生办下班了。"

我赶忙穿过无数老师,后来才知道当时车上有年级主任、化学老师、地理老师,他们在开学的第一天就一眼认出来我,说我是那天风风火火从他们身边擦肩而过,然后抓着招生办老师的袖口死死不放的学生。

我说我今天必须交了费回家,我剩的钱只够住宿或者回程车票。
"你可以让家里再打钱啊。"
"没银行卡。"
总之我就把老师给软磨硬泡,拉着她拽着她,等到司机实在受不了,从我们俩面前拿着闷热呛鼻的长烟卷土而过。老师才一边骂我是个祸害，一边妥协。

五点一刻左右，所有的手续都办完。老师匆忙离开，我有种卸下包袱之后的怅然若失，忽然不知道该做什么了。然后就围着学校转啊转，排球场，篮球场，足球场，综合楼，音乐房，食堂，学生宿舍，没人要的旧被子还在楼下的杠子上摇曳，与它一同摇曳的还有伸着瘦胳膊瘦腿儿的旧校服。

那时候我觉得校服还蛮好看的，比我跑一天臭汗味的运动服好看。食堂没开门，路过它的时候我才想到一天没吃饭了。
我一边走一边不知不觉绕到了后门，那时候我还不知道后门对面的小卖部可以买烟，后门旁边的篮球筐很矮可以灌篮，小足球场旁边有生物老师种的菜园子，小花园旁的秋千上，一年后我会在那里遇到一个神奇又美丽的女孩。

那时候我什么都不知道，感觉整个世界就剩下我一个人在荡啊荡。然后我看到了另外一个荡啊荡的人，在后门口的小卖部门口挪动，问我要不要饮料。
我说要要要！
然后下意识地拍了拍口袋，"不要啦！要泡面！不是康师傅也行！

帮我把热水也放进去！谢谢老板！"

两分钟之后老板端着一桶红色无名牌的泡面，在我眼里好像满汉全席。我们在学校后门的栏杆内外，进行了某种神秘的交易。
我捧着泡面刚一坐下，泡面还没吃，才吹了几口，就忽然像从地底下蹿出来一个保安似的，对我吼道："这里是小学部！有人在考试！你不能坐在这里！"
我说："我不讲话不打扰他们啊。"
他看了看我说："吃泡面也不行。"

于是我又被赶回到足球场。
那个时候我也不知道我后背倚着的门框，三年之后我会把好多球衣从左框系到右框，在镜头下趴在地上，与它们合照。
泡面味道太差，而且水太温泡不熟。吃了几口直接丢进垃圾桶里了，我拍拍屁股往校门口走。

接着便又是长达三个小时的摸索、赶路、坐错车、坐反地铁、坐过站，夜里九点我拖着连疲惫都感觉不到的身体，坐上大巴车。身上还剩两块钱，我想喝可乐，最后尴尬地买了矿泉水，手里攥着五毛钱回家。

到家已是夜里深夜两点。

我很久没有想起这段往事了,上次想起的时候还是高二,某天上午在寝室午休,我梦到一个人都没有的校园操场、排球场、小花园,还有小卖部与盗版泡面。
我醒来之后从上铺的床上抬抬眼皮就能望到阳台的百叶窗,还有百叶窗外很隐约才能可见的树影婆娑,还有对面床铺底下被百叶窗漏进来的阳光。

宿舍条件很好很安逸,空气被空调调节得刚刚好,我看了看手表,还有十五分钟才到午休结束的时间。
那时候我觉得好舒服,上学真好,可却有点怀念十五岁夏天坐在大巴车上玩"斯巴达幽灵"的自己。

那台 PSP 在我高一入学之前,我妈把它留在了家里,后来因为电池与电路板的问题,彻底没再打开过。
夜深忽梦少年事,铁马冰河入梦来。

人嘛，谁还不缺点什么

人一辈子只有一次生命，只有一种生活经历，每个人也只有一个童年。

小时候缺爱就像很多无奈的先天疾病，无法治愈，只能不断逃避。

喜欢缩在纸箱子里睡觉，喜欢用一把伞撑在角落里，然后缩进三面墙与一把伞围成的秘密空间，吃饭，喝水，用老式游戏机打俄罗斯方块。

夜里会用被子把头死死地蒙住，不是怕黑也不是怕鬼，但就是觉得蒙住所有之后，才能喘得过气来。知道一个房子里所有的犄角旮旯，喜欢把很多东西很多秘密，包括自己，藏在床底。

一个人幼年时期的缺爱，并不一定就意味着他整个人生的缺陷与失败，但对一个人终身的性格养成起到至关重要的作用。
如果在四五岁的时候仍然体会不到一种叫作"安全感"的存在，那么这个人终其一生，也会寻找幼年时期缺少的爱与安全感。

有的人把这种"寻找"安全感的过程，与得到某一个"安全感"的结果，叫作"解决了小时候的缺爱"。
但其实只是一个伪命题与伪安全感而已。

我从小学开始，就认识一个很奇怪的朋友。
第一次觉得他奇怪，是在二年级。
老师让我统计一下班级里面所有同学的家庭情况，大概就是父母亲的姓名与联系电话。很多小朋友父母的名字不会写就用拼音代替，电话号码不记得了，我就在他的那一栏写下"不记 de 了"。

直到统计到那个同学，我问他爸爸的名字，他说不知道，我问他妈妈的名字，他说不知道。

我觉得他在耍我，于是生气地在他桌子上敲笔，"你怎么什么都不知道？"

他说："我就是不知道啊，我爸妈早死了，电话号码就更没有了，哈哈哈。"

我被他的"哈哈哈"吓得一愣一愣的。

二年级开始之前分过班，班上的同学互相之间都是陌生的，但渐渐大家都发现了他的不寻常。只穿一件衣服，而且总是脏兮兮的，从来不写作业，每次老师说要请家长，他还是那句话："我爸妈早就死了。"

放学之后大家分四路队，由四个小队长带着回家，沿途有×××的父母来接，就会下队回家。因此大家站哪一路也是固定的，从校门要去的方向也是固定的。可他不是，放学之后，他可以站到南路队伍，也可以站到北路队伍，可以站到东路队伍，也可以站到西路队伍。

有一次礼拜天，我跟我爸去附近的花园闲逛，看到他还是穿着那身脏兮兮的衣服从一个搭建的砌砖房里跑了出来。于是我就叫住他，我问他怎么在这里，他说我就住在附近啊，哈哈哈。

他每次跟我讲话的时候总会"哈哈哈",可每次"哈哈哈",要么让我心惊胆战,要么让我不寒而栗。
于是我知道了他的住所。
算起来跟我家离得倒是很近。

那个砌砖房,是一个废弃的花房,门口堆放了跟墙一样高、一摞一摞的旧花盆,摇摇曳曳,好像随时都有可能倒下来砸到路边。
砌砖房外有一小块泥地,里面歪七扭八地种了一些绿叶与野花,或者准确来说,这是一片早就废弃的花地,而绿叶与野花是废弃之后自己肆意冒出来的。

那个时候班上的同学都是不敢靠近他的,可他好像并不在意,遇到害怕他的同学,还会故意冲上前去,嘴里"嗷呜"一声,然后"哈哈哈"地大笑。
但他也总会因为这样吓同学而被班主任批评。

起初我也是不敢接近他的,还是有一回礼拜天下午,我到附近的公园里,想玩儿蹦床。可蹦床已经被隔壁小区几个高年级的孩子霸占了,我急吼吼地脱鞋子想往蹦床上跳,可每次都跳不上去,他们在上面一边盯着我看,一边笑,一边更卖力地跳,每次我试图在蹦床上站起来,都会被他们的跳动带倒,然后他们开始发笑。

我沮丧地站到一边,想等他们结束之后再玩。
过了一会儿,他舔着一个黄不拉几的糖块不知道从哪里跑过来。
他问我,你想玩蹦床啊?
我说是啊,可是我上不去。
他说,没关系我有办法。

没有几分钟的工夫,他从另一个小路里跑出来,嘴里开始吼叫,然后我看到他举着一把剪刀,一下子戳进蹦床的鼓风机与蹦床连接着的管子里。鼓风机砰的一声弹开了。蹦床在咝咝咝地漏气,那群高年级的孩子反应不及,都倒在地上。

那群孩子爬起来,马上把他围了起来,我只听到他一直吼着"去你妈的,去你妈的",一边用自己脏兮兮的外套不停地甩着每一个靠过来的人,最终把人群打散。
这也是我人生中学会的第一句脏话,去你妈的。直到现在,每次我遇到极其想泄愤的事情,都会说一句"去你妈的"。

于是那天我跟他被蹦床老板扣下来,我乖乖地写下我爸的电话。等我爸赔了钱道了歉要带我走的时候，看到墙角还缩着一个小孩儿，我爸问老板能不能把他一起带走，老板摆了摆手说："我待会儿就放他走。你不知道他，这附近最能捣蛋的就是他，我是怕他早跑到外面去，会被刚才那群大孩子又围着打，先让他在我这里避一下，也是可怜，没爹没娘的孩子。"
缩在墙角的他盯着老板，又说了一句"去你妈的"。

从那次开始，我就跟他成为朋友，直到现在。
他是很典型的缺爱的孩子，我在开头写的，喜欢睡箱子，喜欢钻床底，喜欢缩在角落，躲在伞后……
他住的那间老花房，是他姑父给找的地方。他姑父负责他的学费与很微薄的生活费。他说他很感激他姑父，发自内心的感激，他们是没有血缘关系的陌生人，能够如此已经仁至义尽。只是他姑父喝醉酒经常打他，他说这点他可以忍受可以忘记。他的父母也的确死在一个十字路口上，距离他住的砌砖房不到三里，路上全是碎石子。

成绩自然是不好的，小学毕业之后，读了体校，体校毕业之后，去了职中。
总之哪里不要学费，哪里不用上课，他就去哪里。
职中读到十六岁的时候，他开始去网吧、KTV、歌舞厅做兼职。

那时候的他，虽然衣服还是简陋洗得发白，但已经不是小时候脏兮兮的模样了。

相反，他偏瘦、肤白，一副清秀的少年模样，非常讨歌舞厅里的阿姨、姐姐们的欢心。

那时候我高二，他十七岁，一头棕色的头发，前额又漂染了几缕白色。面庞还是眉清目秀的少年模样，看不到眼神，棱角分明。

他开始惯于辗转在各种女人的床脚。也有人愿意养他，给他地方住，给他饭吃。

他对女人们说："知道吗？小的时候班里的同学都说我是妖精，会吸血的那种。"

女人们大多会笑。

那段时间他对女人与床事有着非同一般的执念，这种执念与欲望无关。

他说有的时候能体会到"安全感"，虽然很短暂。

2012年我高考结束，他住的那间砌砖废弃花房，也在那年的夏天轰然倒塌。拆迁规划，这间花房可以得到城郊外一间小房子的赔偿。

他姑父闻讯从外地赶来,从他手里要回房子,转卖出去,拿着钱消失去了外地。

于是他彻底成了没"家"的孩子,那段时间他总笑自己,一间破屋子没了,还说自己的家没了。
但没有女人愿意留他长住了,也没有女人愿意真的给他租甚至买一间房供他安身。十八岁那年他有时会流落街头,凌晨两三点钟,他在街上踢易拉罐,在酒吧里捡剩酒买醉,缩在网吧住五块钱一夜的椅子。

夏天快结束的 8 月底,我去省会读大学,他去上海打工。
他说女人成不了他的安全感,他要挣钱。他在上海找过很多工作,房产中介、导游、活动策划、酒吧驻场、KTV 的男公关……

大一那年他跟我说,自己投资了一个很好的项目,要发大财了,隔了一个礼拜,又说,去他妈的被骗了,回去。他对钱也执念过,最后只落得剩下两个月的房租钱,回到家乡后继续过以前的生活。

然后又有那么一段时间,他总是说自己身上不舒服,胃疼、肝疼、肾疼、蛋疼,他觉得自己得病了,没钱去医院检查,他就在网上咨询一些不靠谱的人。

于是他得出结论,他自己真的得病了。

那段时间他特别消沉,有的时候一熬一整夜,有的时候早晨围着大公园跑三圈。

他说健康最重要,他说他好后悔自己从十六七岁的时候就开始乱作自己的身体。

他说:"怎么办啊?乔,我好像要死了。"

我说:"去你妈的,你不会死。"

他说他特别羡慕楼下拖个鱼鳞袋子,来回悠荡着捡垃圾的老头子。

我问他为什么。

他说他活得久啊。

"你也会活很久的。"

"不会了,不可能了不可能了。"

小时候睡箱子、睡床底对身体不好;吃不饱、穿不暖对身体不好;大一点整天去游戏厅、网吧包夜对身体不好;十六七的时候疯一样地做爱对身体不好;去上海打工的那两年,抽了太多的烟肺都要烂了;现在整天情绪低落,对身体更不好啊。

这个时期大概持续了一年多，一年多以来我觉得他每天都很绝望。这种绝望我们常人真的没办法理解，但我知道，他其实是又陷入一个更大的执念里了。
说不定某一天他又没了安全感，又开始疯一样地寻找。

前两天他笑着跟我说，最近有个女的加他微信，跟他说自己要结婚了，还是忘不了他。
他回人家：去你妈的，你谁啊？老子没钱。

他后来翻人家的朋友圈才回想起来，这个姑娘只不过是他十六七岁时候众多床伴里的一个。他在少年时候感受过她的温暖，但他知道那种温暖都来自于假象，可他没有看清楚许许多多假象里的一个真。他说他这辈子是谈不了恋爱，结不了婚了，他说都怪自己太年轻的时候，流连于太多地方。

他开始觉得自己在每个阶段追寻的所谓安全感其实都是假象，如果不要那么多的温暖，说不定会得到一份真正的爱，说不定会把他解救；如果对钱不那么的渴望，说不定现在在上海已经有了一份特别稳定的工作与收入，虽然买不起房，但他对明天很有希望；如果不是总神神道道地说自己要死了,他也不会又白白浪费青春时光。

他说小时候缺爱的孩子太容易误入歧途,得到一点点的错觉,就会很想抓住,就会陷入执念,不懂得舍,也不懂得真正的得。
他说这种最原始的缺爱,真的会浪费一生,这个世界上还会有千千万万跟他一样的孩子,穷尽自己的一生去弥补自己的童年。

他说这种小时候的缺爱是没有办法解决的,他的原话是:
"去他妈的,为什么要解决啊?什么也不管,什么也不问,就这么过下去,老老实实地过下去,才是他妈的最赚的。
人嘛,谁还不缺点什么。"

初心被我们遗忘与抛弃之后，我们重视心。那而代之的是"仪式感"。

▶ 思维的局限性

小的时候，我特别喜欢吃我们家小区楼下小卖部里卖的泡泡糖。好多种口味，哈密瓜啊，可乐啊，薄荷啊，泡泡糖纸也五颜六色。两毛钱一个，五毛钱三个。
那时候五毛钱就能买到一天的满足与快乐。

可不久之后，卖泡泡糖的小卖部老板对我说，泡泡糖更新换代啦！现在每块泡泡糖里都有一个卡通人物的贴纸。说完，老板送给我一个小本子，小本子里全是空白的方框，方框下是一个又一个卡通人物的名字印在上面,人物很杂,各种当时在播的动漫都囊括在里面,有些粗制滥造。老板说,你把泡泡糖里送的卡通贴纸贴进去吧,集满本子里所有的贴纸,会有一个大礼品哟。

于是第一天我仍然花五毛钱买了三块泡泡糖,三个贴纸,两个一样的,一个不一样的。所以第一天我收集了两个贴纸。晚上我嚼着泡泡糖翻那本空空如也的小本子,一点也不快乐一点也不满足。
第二天我买了一块钱的,收集了四个不一样的贴纸。
第三天还是一块钱,然后是一块五,周末的时候我会买两块钱的,十二个泡泡糖。根本吃不掉,而且有时候十二个泡泡糖里的贴纸全都一模一样。

爷爷奶奶到我家里来看我,我会撒娇央求爷爷带我去小卖部买一整盒泡泡糖。
爷爷笑着摸我的头说,吃太多会蛀牙。
我说没事,我尝尝味道就吐掉。

我抱着满满一盒泡泡糖,忙不迭地撕开糖纸,看看里面附送的动漫贴纸是不是自己还没有收集到的人物。是,就贴上。不是,就扔掉。泡泡糖呢?丢进嘴里胡乱嚼几分钟,赶快吐掉,接着撕开第二块泡泡糖。贴上,或者扔掉。

等到我不知用了多久,不知买了多少盒泡泡糖,终于收集完一整本的时候,我一路开心狂奔到小卖部,给老板展示我的成果,老板嘿嘿笑着把我的小本子拿走。
转身从货架上随便抽了一个悠悠球给我,"给,奖品。"
"哦——"我一阵失落,"这个我可以自己买啊。"

从那以后我再也不吃泡泡糖了,什么牌子都不吃,什么口味都不吃,哈密瓜、可乐、薄荷、草莓,各种口味,看到就想吐……

其实这样的事情,在我们生活中很常见。包括我上面提到的收集泡泡糖贴纸的事情,当时我们小区里所有同龄的小孩,几乎都在做。大家还会交换你有我没有的贴纸,会一起买很多很多吃不掉的泡泡糖,一起为了稀有的贴纸而大喊大叫。

还有小时候我爸喝啤酒,酒瓶盖里会有数字编码,收集完1—20,能兑换一个纪念品。
以前夏天吃饭,我爸喝一小瓶啤酒下菜正好。自从有了手机酒瓶盖里数字的游戏,他一顿饭开两瓶酒,喝不完就倒掉,或者撑着肚子喝。

这种遗忘初心の行为与现象，才是人类最自然の反应，才是人类日常生活中思维の局限性。

2010年世博会的时候,我在网络上看了很多材料和攻略,哪个馆很好玩哪个馆很有意思哪个馆很冷门,我规划了一系列的路线,包括排队等的时间我都算进去了。可是当我第一天去游玩的时候,发现纪念品商店有一个卖纪念册的地方,纪念册的每一页是空白的。拿着这个空白的纪念册,到每一个馆里游玩结束之后,会有工作人员帮你盖章。你盖的章越多,证明你玩的地方越多。盖满了整整一本的话,自然会有莫名的成就感。

起初我还是按照原来的路线在玩,好玩的馆会排很久的队,也会逛很久。一天下来,我只盖了几个章。可是我在路上看到有人已经盖了大半本。
第二天,我在排一个很长的队时,看到旁边一些小馆里根本就没人,有人进去专门拿着纪念册去盖章。我心动了,离开了排队的队伍,到小馆里去盖章。很快,我掌握了盖满一整本纪念册的诀窍,我开始寻找一些无人游玩且乏味的小馆。从头快速走到尾,盖章。然后寻找下一个人烟稀少的小馆。

几天下来我的纪念册也盖满了。
回家之后父母问我,世博会好玩吗?都去了哪些地方?

我拿出纪念册给他们看，我去了那么多那么多的馆。
可翻着翻着我一愣，我好像什么都没有看到啊。

这是我所理解的我们思维上的一个局限。之所以说是局限，是因为有的时候，我们明明知道，买泡泡糖是为了吃为了吹泡泡，不是为了收集贴纸；开啤酒是因为想喝，也不是因为它的酒瓶盖子里有各种各样的数字；至于逛世博馆，当然是为了长见识，见一见世界各地，怎么可能是为了把一个纪念册的章盖满呢？！

但有的时候，我们真的就会去做，我们知道不应该这样做的时候，身体已经很诚实地开始了。买好多好多泡泡糖，打开喝不掉的啤酒，一路疯跑寻找各种小馆盖纪念章。
"初心"一词现在被用得有些泛滥，但我要说的并不是不忘初心，有的时候我们虽然明知道初心是好的，是不可忘的，但随着事情的发展，我们的初心真的会被我们抛在脑后。

这种遗忘初心的行为与现象，才是人类最自然的反应，才是人类日常生活中思维的局限性。因为所谓局限性，不就是生活中一些行为事物的自然而然的反应与演变吗？
以上我讲的几个事情，还能反映另一个局限性。那就是，初心被我们遗忘与抛弃之后，我们重视的、取而代之的"仪式感"。

其实我们在各种各样完全想不到的时候与情况下，都在追求着仪式感。
收集贴纸是仪式感，集满 1—20 个数字的酒瓶盖子也是仪式感，把一本无所谓的纪念册盖得满满的，也是追求仪式感的体现。

有的仪式感是好的，是良性的，体现人们对事物的尊重。比如恋人结婚一定要举办婚礼，有人去世一定要举办葬礼，朋友见面会握手说你好，好友分别会挥手说再见……
当然也有很多仪式感是不需要的，是冗余的，是累赘。我前面提到的糖纸、酒瓶盖子、纪念册都是。还有一些随着人类社会文明的进步而逐步被抛弃的陋习。

可无论我们抛弃了多少的仪式感，我们仍然无法抛弃我们思维的局限性，但话又说回来，正因为无法被抛弃，才能被称为局限性吧？

假装自己并不寂寞

有一回我半夜发高烧,喉咙疼得每次咽口水像咽下去一个火炭,神经从喉咙到后脑勺一直紧绷着疼,连带着脖子也像落枕一样,动不了。我实在撑不住了,深夜两点多打车去医院挂急诊。

出租车里我一直在打哆嗦,司机从后视镜里盯着我看,说:"小伙子你没事吧?没人陪你去啊?"
我忽然就有一丝羞愧感闪过,特别奇怪的羞愧感。

然后我说:"啊啊啊,师傅你搞错了,我不是去医院看病,我是去陪女朋友的,她忽然发烧,去挂急诊,我不放心她。"
然后我趁司机不注意,设定了一分钟之后响铃的闹钟。

一分钟之后,闹钟在空荡的车厢里响起来,我马上按掉,然后端起手机假装在接电话,"喂?你到医院了吗?嗯嗯,先去挂个号,我马上就到。我记得,充电宝和暖手宝都带了,嗯,数据线也带了。你先别管这些了,快去找急诊的医生量个温度,我已经在出租车里了,马上就到。乖,别怕。"

中间我有停顿,有应答,断断续续,你来我往。
我挂了"电话"之后,司机对我啧啧赞叹,说小伙子你对你女朋友真好,现在像你这么会照顾人的不多了。
我说都是应该的。
司机说,要是一个人,半夜发高烧自己去挂水,这大冷天还下着雨,太可怜了。

看吧。
我就害怕司机说"太可怜了"四个字,
被人家发现并认为自己"太可怜了",总有一种十分别扭的羞愧感。

等到凌晨四点多我挂了超大的阿奇霉素，四肢软绵无力地走出医院大门，我觉得刚才的点滴应该完全浪费了，外面更冷，雨更大了。上了出租之后我仍然止不住地哆嗦，另一个司机同样又在后视镜里盯着我看。

我这回连设闹钟的时间也没等，掏出手机就开始说："喂？姐，嗯嗯，我已经挂好了。你怎么还没睡啊？我马上就到家了。没什么，医生说就是着凉了，有点上火，你快睡吧，我马上就到家了。哎哟，不用了，我打上车了，外面雨太大，你千万别出门了，我马上就到家。"

挂了电话之后，司机开始放无聊软绵的午夜电台，有天气，有生涩的相声，有路况。我贴着车玻璃搓着手，二十分钟之后我到了一个人住的地方，一摸口袋发现出门没带钥匙。

于是踮着脚伸手摸到我放在透气窗上的备用钥匙，开门，开灯。

好多时候，我们一个人生活，一个人对着变幻四季的窗台独处，其实并不一直是寂寞的。有时候很惬意，有时候很自由。
而当我们越是在外人面前假装自己并不是孤立无援的样子，越是想

我们越是在外人面前假装自己并不感孤立无援心样了，越是想证明自己不寂寞，这才是真正的寂寞。

证明自己不寂寞，这才是真正的寂寞。

就好像我每天下班，坐上出租车或者地铁，总会掏出手机急匆匆地按着一些无聊的键，或者急吼吼地走向某一个地方，某一个并不需要那么着急的路，带两瓶或者三瓶酸奶回去，在小区楼下的报纸订阅箱子外站一下，去宠物店里绕一圈，偶尔关注一下异性的护肤品，偶尔一个人看电影等开场之前对着手机说："你快来，马上要开场了。"

我感觉手机是我的好队友，我经常装作在等谁，或者谁在等你的样子。都只是在假装自己并不是一个人生活，都只是在假装自己并不寂寞，这是城市的本领，一边让一个群体变得熙攘，一边又让群里的每一个个体变得孤独。

其实每一个人心里不过都是半杯寂寞的凉白开而已，杯口还残留着水碱的那种。

Chapter Three
段子

回忆中的那些逝神,陪我度过许多漫长又艰难的时光。

乔大王

装X遭雷劈

前几天陪一个女性朋友参加了一场她与她前男友都非去不可的饭局。

她前男友前一天晚上还在微博私信她：
"希望明天能见到你。"

她一再叮嘱我，只要她前男友装×就马上打脸，反应时间不许超过半分钟。

吓得我火力全开。

其实有的时候遇到装×之事并不容易拆穿,大多数情况下你只能愤愤地说一句"装×"。

但我那个朋友的前男友装得实在太烂俗以及套路了。
此外他还配了一个同性僚机,直男僚机的水准搞得人尴尬症都犯了。
饭局开始,他俩一直在互相问答:
"最近又去哪儿玩了?"
"没去哪儿,去了趟意大利。"
"哎哟!你们这些有钱人,看个球都要去现场。"
"哈哈,没有没有,正好出差散心。"

女性朋友给了我一个眼神,我赶忙在网上搜了张法国的照片。
然后我一脸崇拜地举起手机翻到第一张照片给他看,"你去意大利的时候去这个地方了吗?听我朋友说,一些有格调的旅游博主都推荐这里,听说还挺小众,叫……什么街道来着?"

她前男友马上"啪"的一下把桌子一拍,"你那个朋友很懂啊!嗯嗯,就是那条街道,我只记得意大利名字,不知道怎么翻译比较好。就是这里,就是这里。"他指着我手机上的法国某地照片手舞足蹈,"这里基本上没什么游客,只有这样才能感受到真正的意大利气息。"

我一脸恍然大悟的表情与崇拜。

然后我在心里倒数五个数,五秒钟之后我开始对他进行死神的宣判,"哎呀,不好意思,我手滑翻错图片了!这个好像是法国,你看图片名字还标注了。"然后我把之前在网页上连带着地名的截图给他看。

他直接蒙圈。

我赶忙给他找台阶下,"你肯定是去过太多国家了,都弄混了。"

然后我那位女性朋友笑脸盈盈地说:"可是法国跟意大利的风格,完全不像……"

"管它呢!"

我笑着回她,然后我们俩来了个鹅肝酱干杯,心满意足。

一道开胃菜的工夫,对面俩哥们好像又恢复了元气。

开始聊电影。

僚机指着前男友向大家介绍说:"他以前做纪录片,也做独立电影呢。"

然后他们俩开始说一些我真的听不懂的术语人名。

我赶忙又一脸崇拜地说:"那你应该认识不少影视圈里的人吧?"

她前男友沉吟顿挫、扶额头、拍领子，做足了范儿，说："嗯，多多少少认识一些吧！"

我赶忙接话茬，"我有个朋友也是学影视的，她们学院里有个王院长你认识吗？听她聊过很多关于那个王院长的事，太牛了！说真正影视圈里的人都认识他，很有深度的那种。"

她前男友继续沉吟顿挫，比上次沉稳了好多，"噢噢，王老啊！认识！他老人家已经隐退了，教书育人。前几年有幸跟他老人家喝过茶，确实闲聊中都有很多深度的话题。"他连连嗟叹，然后又说："你朋友是他的学生啊？可以啊！"

我赶忙笑着说："你要是能再见到他，提一下我朋友，也算帮她了。"
前男友各种拍胸口，"没问题！"
他指着我的那位女性朋友，也就是他前女友说："你跟×××是朋友，也就跟我也是熟人，一点小忙一定帮。"

我那位女性朋友"哼"了一声。
然后我又在心里倒数，这次我数十个数。
因为我敢打赌五个数之后整个餐桌上氛围一片和谐，他也会松一口气。
我一边喝汤一边细细地品味这十个数背后的魔力。

然后我用勺子柄一敲自己脑门,"哎呀哎呀!!不好意思不好意思!!我今天真是出门没带脑子!我说的那个朋友还有王院长,好像是,好像是戏剧学院的,对对对没错!是唱戏剧的!可能跟你说的不是同一个人。"
前男友和他的直男僚机一脸黑线。
我的女性朋友忙开口笑:"他们家的牛排还真挺好吃!"
心满意足。

两轮下来之后他俩真的消停不少。
可过了一会儿朋友的前男友忽然眉头紧锁,特紧,特锁,锁到全餐桌的人都能注意到的程度。

直男僚机忙问:"怎么了?"
前男友一翻手机,"4S店的,打了好几个电话。"
僚机问:"新车又不能提了?"
前男友答:"估计是!我都订了快半年了。"
僚机回:"这款车国内少,所以抢手。"

然后她前男友很有礼貌地对餐桌的人说："不好意思啊，我得回个电话。"

然后他开始字正腔圆地讲电话，声音浑厚洪亮。

说真的他水准太不够了，难道不要给电话那头留一点时间和戏份吗？

我拍拍直男僚机的肩膀，说："哥们！挺崇拜你俩的，年少有为啊！留个电话，以后有机会找你们喝茶聊天。"

直男僚机满面红光给了我号码，我指着她前男友说："那位呢？"

僚机犯难，"他手机一直特忙，找他的人太多了。"

不得不说这个僚机也是死心塌地。

我忙冲前男友挥挥手，让他一边表演打电话一边注意到我，然后我晃了晃手机，做一个含糊的示意，前男友也含糊地点了点头，还用手指在唇边做嘘声的手势。

我冲僚机说："你看他同意了。"

然后僚机给了我他的号码，这次我没有零点零一秒的耽搁，直接按下拨号键，打得他们措手不及。

朋友她前男友还一边对着电话侃侃而谈，耳旁端着的手机竟然响了起来!

他诧异了五秒之后,我自己按掉电话。

"哇,你这个手机可以啊!通话的时候还能接另外一个电话?"

女性朋友笑得酒窝能把人陷进去了,说这家店的甜点也很棒啊!

心满意足。

三回合下来之后,饭局临近结束。

女性朋友美美地吃完这餐饭。

那俩哥们也终于确定,我的确是猴子派来专门揭穿他们俩的。

谈话内容渐渐小心翼翼,我一开口哪怕是问个洗手间在哪,也小心提防,总以为下面有雷。

然而他们还是太年轻了。

假作真时真亦假,无为有处有还无。

有雷无雷,其实都在一念之间。

这一念,便是我朋友的两个指甲盖,我刚消停会儿享受着冰淇淋,她又掐我。

我说:"饭局就要结束了,可以了吧?"

她说:"再来最后一击!"

我挠了挠头,还是用她前男友的老梗吧。

我又搜了一张真正的意大利的图片,一脸殷勤地问:"这个是意大利哪里啊?"

我甚至有些期待他还是答上来吧,我一边放下"最后一根稻草",一边对即将被压死的骆驼同胞产生了怜悯。

可怜的她前男友总觉得这张图片有诈,支支吾吾半天,"这个,这个好像不是意大利吧?"

然后他跟僚机眼神交汇了一下,继而充满肯定,"嗯,不是意大利。虽然只去过一次,但它们的建筑风格还是不一样的。"

我真的到最后都不忍拆穿了。

可身旁一个独立在战火硝烟之外,一名不知真相的吃瓜妹子忽然嚷道:"这不是米兰大教堂吗?!我没去过意大利我都知道!"

心满意足与节哀顺变。

饭局结束,我嚼着口香糖站在餐厅门口。

忽然朋友的前男友拍拍我的肩膀,说了句:"兄弟啊——"

我眨眨眼睛看着他,"哈哈,你有没有发现今晚的月色好美。"

那天晚上是个月黑风高的阴天。

终于，我跟朋友打车回去。

车里女性朋友先是不住地夸我，然后有些意兴阑珊，接着叹了口气默默不语了好一阵。最后她忽然说：

"他还是跟以前一样傻。以前我可喜欢他这样了，笨拙的少男心。"

老林寻儿记

去年还上学那会儿,父亲节,室友老林很贱气地发了个朋友圈说:"父亲节都到了,你们怎么还不祝爸爸我节日快乐呢?"

我们几个人一合计,想治治他这找打的口气。于是注册了一个微信小号,头像换成大眼睛、尖下巴的网红姑娘,加他的好友。

他果然秒加。

然后他问:"美女有事吗?"

于是我们回他:"爸爸。"

他估计愣了一下,接着撩,"美女你真会开玩笑,今天是父亲节,要不我们出来吃个饭,庆祝山一般伟大的父爱。"

于是我们接着回他:"爸爸。"

又过了一小会儿(估计他在组织语言跟撩词),他回道:"美女你不会是机器人吧?"

于是我们第三次回他:"爸爸。"

他有些放弃了,发过来一条,"你能说点别的吗?美女,再这样我删好友了。"

于是我们赶紧回:

"爸爸,我是你两岁的儿子啊。"

"爸爸,你别不相信啊。"

"爸爸,我在用妈妈的微信号给你发信息。"

"爸爸,父亲节快乐。"

"爸爸,你怎么不说话啊?"

多亏我们单身多年的手速,这一连串的发问估计像一个起搏器,把他的心脏一点一点地往喉咙里压。彼时他在图书馆,估计他在白冷的灯光与学霸的四周,陷入了沉思。我们几个在宿舍一边煮泡面,一边打赌他回来之后的第一句话是什么。

果然十分钟后老林风一般推开宿舍的门。
"有钱吗？"
他问我们："快快快，急事，有多少给多少。"
另一个嘴快的室友一边塞着面条，一边嚷道："你现在才想起来要打掉，晚了吧。"

我们赶忙冲他使眼色。
估计老林还处于头脑发蒙的阶段，没听到我们说什么。然后他往口袋里塞我们凑的一些碎钱，嘴里一边振振有词："两岁，两年，2014年，再十个月，2013年，2013年夏天，2013年夏天。"

然后他抓起自行车钥匙又往外跑。我们怕他头重脚轻做傻事，于是也赶忙跟了出去。只见老林用很卖力的姿势蹬着公寓楼里租来的自行车，呼哧呼哧，风吹鼓了他的夹克与头发，可能也吹乱了他的思绪。

6月份的初夏，老林不知道用怎样的心情，蹬着自行车，五味杂陈地迎接他横空出世的两岁儿子。我们也不知道他要去哪，骑着小电驴跟着他。

他围着宿舍楼绕了一圈,穿过实验楼,穿过他大一、大二穷追不舍的艺术系女神的体操房,穿过他苦等过几个月的楼下,穿过他经常买烟的小卖部,穿过他趿拉着拖鞋吃饭的食堂,我觉得老林骑车的背影越来越弯曲,速度越来越快,不知道他是不是跟他的校园与青春告别。

室友问:"你们猜老林会去哪?"
于是我们看着老林拐出小门,小门外是熙攘的校园后街、小餐馆、小吃店、网吧、小旅馆。我们对老林的曾经产生了可耻的好奇。
然后他穿过后街,又急吼吼地骑上一座桥,桥的那头连接着外环路,已经到更加荒僻的城郊了。

室友说:"他不会是想去卧轨吧?电驴没电了我可追不上他。"
有人已经开口喊他,我们也在想是不是这个玩笑开过了。
不过他确实脑子少根筋,总是会相信一些没来由的话。
有人喊他爸爸他信,有人说他是个好人他信,有人让他等自己回国他也信。

渐渐地,我们的三辆电驴都只剩下一格电,渐渐地,我们也都觉得

每一座城市的外环路就好像这个城市的小肠,看着就那么一小块儿,其实包罗万象,好的坏的都被包含进去了。

老林好像是一个可怜人。

可我们只能看到他潇洒的豪猪一样的背影了,喊他他也听不见,或者是根本顾不上听。于是他就这样消失在外环路上的某一个路口巷子里。

每一座城市的外环路就好像这个城市的小肠,看着就那么小的一块儿,其实包罗万象,好的坏的都被包含了进去。我们就在各种巷子里荡啊荡,无望地找老林。

我们终于在一个巷子口听到巨大的声响,老林正"咚咚咚"地敲一扇门,门上有一个亮晶晶的小招牌,"鱼水情足疗店",老林死命地砸生锈的卷帘门,一边砸一边喊"婷婷"。

终于门被砸开了,一个四五十岁的女人穿着粉色的塑料拖鞋从门里骂了出来。

老林说:"我找婷婷。"

老女人说婷婷得病了,不干了。

老林就一屁股坐在地上哭,说:"我没照顾好她娘俩,呜呜呜。"

我们赶忙上去把老林拖了回来,跟老女人说抱歉。

路上我们几个一五一十地交代了整他的这回事。

老林闷不吭声地坐在电驴后座，压得室友的车后胎瘪了半圈，在路上磨啊磨。

回到学校之后老林又去小卖部买烟，蹲在体操房门口抽掉半包，这里曾经是他女神经常练舞的地方，后来女神去了加拿大。
后来老林被体操房的老师赶走，又蹲到宿舍阳台抽烟。谁刚洗的袜子在老林头上滴水，他一边抽烟一边盯着手机看。

我们很抱歉地问老林："林哥，看啥呢？刚煮的面，吃两口？"
老林问我们，这个小号的图片哪找的。
我说不知道啊，随便找的。
老林就哭了，说："她跟婷婷长得一模一样，她就是婷婷啊！"

再后来大四了，老林把女神的微信、微博、支付宝都给删了。
老林说，那天他骑着车呼哧呼哧往"鱼水情"赶的时候，风在他耳边也呼哧呼哧地吹，然后他连自己儿子的名字都想好了。

亲吻小满

我认识一个叫小满的姑娘,小满在二十一年前的小满节气出生,于是她爸索性给她起名叫小满。她跟我讲,她在每年的小满那天过生日。"记得送我生日礼物哦!"她这么说来着。
我当然记得。

我跟她第一次讲话在高一,高一元旦的下午,教室里就我俩,整个校园也没剩下几个人。我们学校元旦那天有"迎新长跑"的活动,整个校园的学生穿着校服,跑出校园,沿着特定的路线,穿过一个一个地铁站、公交站、十字路口和路边各种各样还贴着圣诞树的店面。从中午十二点开跑,下午三点回校。然后再休息一下,准备参加晚会。

我瘸着腿跟班主任说:"老师,啊啊啊,我的脚早上下楼梯的时候崴到了。我好想参加迎新长跑啊,可是……呜呜呜……"
班主任拍拍我的肩膀,语重心长地说:"没事,我会把你的精神传达给每一个同学,你在教室里安心休息吧。"我努力地点了三下头。然后拐到老师看不见的拐角,来了一个帅气的后空翻。

那天下午太阳特别大,冬天的太阳,无论再大,阳光再强烈,都没有人会嫌弃它刺眼。还有点风,暖暖的,有点春天的错觉。给我错觉的不仅是风和大太阳,还有小满。她踩在凳子上出黑板报,没有穿校服外套而是穿了一件米色的高领毛衣,侧脸清秀,下巴干净利落,嘴唇很薄,身材纤细。

"哈喽。"我说。
她一边握着粉笔描一朵花,一边说:"咦?你怎么没去跑步?"
"我脚崴了。"
"切!我看你是懒吧!"小满哼笑了一声。

我也不好意思地挠挠头，嘿嘿笑着。

她说："昨天下午我看你在操场上踢球，跑得可欢实了。"
我说："哟嗬，你还看过我踢球？！"
她点点头，"对啊。我的自行车在操场旁边的小车库里，放学不回家、不回寝室、不去食堂，却在操场上踢球的人，确实挺让人注意的。"

我又嘿嘿笑了。我问："你为什么叫小满啊？难道你有个哥哥叫大满？"
我高中确实是个只知道踢球并不会讲话的傻×。
小满啧了一声，说："别犯浑。"

然后她跟我说，她出生的那天正好是小满节气，于是她爸就给她起名叫小满。"每年的小满节气就是我的生日，别忘了送我生日礼物哦。"
那天下午我点头了。

她没看见，她还在认真地描那一朵花，其实那朵花她画得怎么样，我并没有看见，教室的后门大开着，阳光洒满一整块黑板，反光并不刺眼。

小满真好看。我好想亲她。

每年快到小满节气的时候,我都在搜罗礼物,每年的礼物大同小异,都跟天气有关。有一个每到阴天或者下雨天,瓶内就会有水滴落下的玻璃瓶子;有一晃动就漫天雪花的玻璃球;还有放在阳光下,一天中每个阳光高度投射过来,会有不一样阴影的玻璃块。各种各样的玻璃制品,各种各样的天气,可都跟小满节气没关,却跟小满有关。

礼物都被我收在收纳箱里,没送给她。高中的时候大家都那么忙,平常上课、下课、吃饭、睡觉、写作业、对答案、考试和嗷嗷大叫。偶尔课间打水的时候我会遇到小满。

有一次我在前面接水,小满忽然在我背后说:"被烫到了吧?"
我一脸惊讶,"你怎么知道?"
小满笑笑说:"我看到一个水滴溅到你手上了。"
当然这是插曲,这些插曲很多很多。但插曲再多,还是成不了一首歌。有那么几年,我都快要忘记小满了,也忘记在小满节气收集礼物。

去年5月21日,南京已经很热,我穿着大裤衩在家附近遛狗。那段时间课很少,我几乎都翘了宅在家里。很神奇啊,真的很神奇,我到一个小公园遛狗,看到一个穿白 T 恤浅色裙子的姑娘,戴着耳机,也在遛狗。她家的狗比我家的小金毛大很多,阿拉斯加雪橇犬。我家的金毛各种犯尿,弱弱地叫了两声就扒着我的脚脖子不肯走了。

"是你啊!"那个姑娘开口说话。
我低头把狗抱起来,抬头一看,"小满啊!"
我说:"你怎么回来了?不是在外地上学吗?"
她耸耸肩,"最近我没有课,爸妈非得要我回家过生日。"
我脑子一紧,掏出手机看了一下万年历。
又爆出那句话:"小满啊!"

我说:"今天正好你生日啊!"
小满说:"对啊。忘记了?大骗子。"
我说:"什么时候骗你了?"
小满说:"以前啊,我让你每年小满送我礼物,你点头了!别以为我没看见!就高一元旦那天。"

我心一横,把金毛放在她怀里,说:"你等我一下,给你拿礼物去。"
小满瞪大眼睛,"真的假的?"

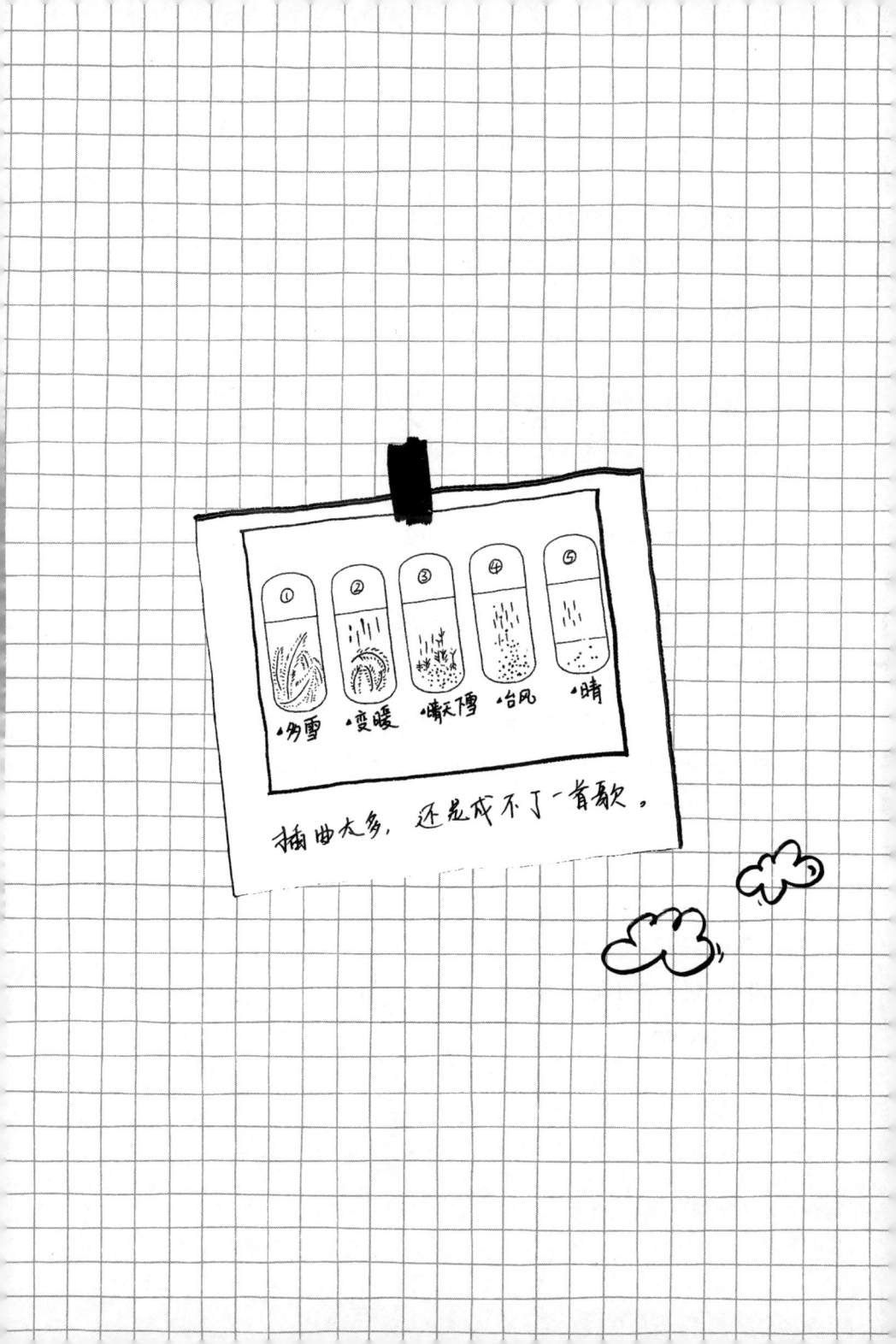

① 多雪 ② 变暖 ③ 晴天霹雳 ④ 台风 ⑤ 晴

插曲太多，还是成不了一首歌。

我已经跑开了,头也不回地挥挥手,大声说:"等我一会儿哈!"
我回家之后各种翻箱倒柜,终于找到一个旧的收纳箱,里面有几个玻璃制品。叮叮咣咣的,我抱着箱子又一阵疯跑。

小满还戴着耳机听歌,怀里抱着金毛,那货忽然变老实了。以前顶多让我抱几分钟就各种乱动,现在竟然躺在陌生女孩儿怀里,伸懒腰。
我跟小满坐在小土坡的石凳上,我给她掏出了几个玻璃瓶。

我说:"这都是我以前买给你的,但是没好意思给你,嘿嘿。"
"都是天气预报瓶。"我挠着头说。
然后一个一个喋喋不休地跟小满介绍这些玻璃瓶的用途,有的还摆在地上现场示范。小满一直笑盈盈地听着我各种叨叨,偶尔特别配合地瞪大眼睛。终于,我把它们收起来,推进小满怀里。

"生日快乐!"
小满接了过去,说:"谢谢。"
"能许个愿吗?"小满忽然说。
"行。"我点点头。

小满两只手放在收纳箱上，闭着眼睛，我们呼呼着初夏的风。半个下午，阿拉斯加和金毛都好安静。小满坐在我顺风的方向，头发丝不时被风吹过来，打在我耳朵旁。
小满真好看，我好想亲她。

她忽然睁开眼睛，说："生日愿望是，想要一个吻。"
我瞬间石化了，秒愣，然后说："哈哈，生日愿望说出来之后可能就不灵了。"
小满笑着说："你还是跟以前一样啊，只会踢球，什么都不敢。"

我听了之后，心一紧，又一横。
一把把她搂过来，在那个 0.001 秒的时间段内，我还舔了舔我有点干涩的嘴唇。然后我亲在小满好看的嘴唇上，小满的脸上没有惊讶。

我不知道我脸上是什么表情，在那个轻吻之后的 0.01 秒，我脑子里像瞬间塞满整个宇宙的信息，撑到要爆炸，浪潮拍打礁石的声音，马路上汽车的喇叭声，夏天花露水的味道，冬天的瑟瑟发抖，春天花粉过敏的奇痒，雨水滴答的声音，踢球时候的吼叫，甚至高考最后一门考化学的情景……

太多太多的画面、声音、味道，在我吻了小满之后的 0.01 秒塞满我的大脑。天气预报瓶，高一元旦的下午，小满的米色高领毛衣，纤细的手握着粉笔，黑板上巨大的阳光反射。

我还想到《大话西游》的经典结尾，孙悟空附身在夕阳武士的身上，对着对面的情人深深地吻了下去，然后眼神笃定地说："我这辈子都不会走！我爱你！"
小满终于开口了，说："你犯浑了？"

我不知道接下来干吗，手还放在她后背上，我又把她拉过来，第二次是一个深吻。第二次我以为我会想到更多，可是大脑之后一片空白，耳边也不安静了，是呼呼的风声。

第二次吻的过程中，我脑子里有一个想法油然而生，很自然地出现在我脑海里，伴随着我们的吻，不停萦绕在我耳旁。
"小满……中午吃的荠菜馅儿的饺子？！"

▶ 自作多情

高三那年我十七岁，我的名字里有两个字的首字母叫 GD。那个时候，我以为全世界只有我一个 GD……

每个班里都有很多姑娘，有的很可爱，有的很恬静，有的很活泼，有的很文艺。所有姑娘里最好看的那个叫"班花"。班花往往很吸引火力，而那些可爱的、恬静的、活泼的、文艺的姑娘，却鲜有人关注。

这是高中理科男生的尿性,每个人都幻想着被爱神光顾,以为多看班花两眼说不定就能抱得美人归。还好我那时并不这样想,我也从来不看、不想、不打听班花,我跟那些可爱的、恬静的、文艺的、活泼的妹子相交甚欢。

故事的开始是高三最后一次班会。
班主任搞来一块儿黄色的布,让我们每个人在上面签自己的名字,说这是我们考大学之前的"投名状",也是幸运本,凡是写上去的人都能考上理想的大学。

我找了一处空白,本来想签"鱼香肉丝",因为真的好饿,后来计算了下面积,觉得字数应该不够,我就胡乱写了名字回到位置上坐着发呆。
过了会儿,班花上去写。

班花走路的时候会自带 BGM 的,现在想来大概会是《非诚勿扰》里女嘉宾上台时"gi gi gi gi baby baby baby baby~"比较合适。于是班花在黄色的布的正上方空白处(没有人写在那里)写下自己的名字,三个字,×××,最后一个字有一个往右打的钩,她拉了很长,后面又跟了两个英文词"love GD"。

于是全程看下来，她的签名就是"×××——love GD"。

我碎碎念着鱼香肉丝发呆，电风扇在摇，肚子在叫。

同桌用胳膊肘猛杵我，"哎！你看×××后面写的那个 love GD……"

直男同桌一愣，道："你不是叫 GD 吗？"

我赶忙又转头问身后的直男："×××后面写的那是啥？"

他从一堆篮球杂志上抬头看，"love……你啊，我去！！"

我又赶忙征求坐在教室后两排的所有直男同胞，大家一致认为，班花签在那块布上的名字是，"×××——love 我的名字。"

那节班会课我的思绪飘荡了很久，也很远。

我想到班花在艺术节的时候穿着抹胸白裙子唱歌的情景；想到她在校服里穿了件浅蓝色衬衫的样子；想到我被叫上去趴黑板做题，第一排的她悄悄给我打手势的模样；想到她吃饭时会用左手扶着飘到额前的头发；还有偶然一次我路过琴房看她安静地坐在钢琴前，琴房的隔音效果太好，可我看着她手指在飞舞，脑子里真的有乐曲闪过……

我忽然发现以前我是以为自己没注意过班花而已。

这不仅仅是高中男生的德行，这是所有人的德行。

当你能察觉到一点点哪怕是错觉的希望时，你会不停放大放大放大……

于是膨胀的我又转脸问直男同学："你说×××这什么意思，我要不要找她谈谈？"

后座的愣头青猛拍我一下，"当然啊！都这么明显的暗示了——不对，这他妈就是明示啊！"

我又征求了几个直男的意见，勇气一次比一次大……

后来学了统计学之后，我才意识到那次抽样调查的样本选得有多糟糕……教室最后两排看杂志脱鞋子的男生都被我问过一遍……

于是在那节班会下课之后，我就决定找班花问清楚。

我要狂拽炫酷地面对班花，用侧脸对着她，下巴要上扬，一定要上扬，语气要不屑，一定要不屑，然后冷冷地说："你喜欢我？好吧，答应你了……"

在距离高考和毕业不到一个礼拜的时间，我竟然把到班花，我都有点害怕无法掩盖我的喜悦。

于是在那个夕阳比平时更低更红的下午，下课铃响，高三教室有人陆陆续续去吃饭，有人还在教室里看书磨蹭。

我甩了一下头，走到教室最前排，食指点点班花的桌角，"×××，你出来一下。"

然后我转身往教室门口走。

"完美！！"我在心里窃喜，这么酷！我都要爱上我自己了。

两分钟后我在楼梯口看到班花迷茫的脸。

我大概好久没跟她有过语言交流了。

看到她之后我脑子里忽然什么都忘了，刚刚过的好几遍的开场都忘了,因为她实在太好看了。好看到我蒙了,这是检验厌货的有效方式。

她好看的脸上从茫然变成不耐烦。

"你找我干吗？"

我支支吾吾半天，"你……你的签名是什么意思？"

"什么什么意思？"

"×××——love GD。"

"权志龙啊。"

"什么什么？"

"权志龙啊!"她说道,"歌手,韩国的。"
"噢噢……"

我意识到尴尬的气氛,余光从窗户瞥到教室后排正一边奸笑,一边着急看结果的直男们,真想一头扎进厕所里永远不出来……
"所以你找我到底什么事?"
"没什么……就是,对——我估计明天老师又得叫我趴黑板做题,麻烦你给提个醒。"
"切~我进去啦。"

多年以后班花告诉我,那天下午她看到我的最后一眼,我脸红得像她中午吃的红心火龙果。
我揉着头发从后门回到座位,几个傻×凑过来问我:"怎么样?怎么样?"
我说:"不是我,是权志龙。一个韩国唱歌的。"
后排一片爆出杠铃般的笑声。

我灰溜溜跑去食堂吃饭。等我吃完饭回到教室的时候,我发现这件事情就他妈这么传开了。我桌子上放着一张明星的写真明信片,右下角有写"GD——权志龙",不知道谁放过来以示讽刺。

于是在那个夕阳比平时更低更红的下午，下课铃响，高三教室有人陆陆续续去吃饭，有人还在教室里看书磨蹭。

我甩了一下头，走到教室最前排，食指点点班花的桌角，"×××，你出来一下。"

然后我转身往教室门口走。

"完美！！"我在心里窃喜，这么酷！我都要爱上我自己了。

两分钟后我在楼梯口看到班花迷茫的脸。

我大概好久没跟她有过语言交流了。

看到她之后我脑子里忽然什么都忘了，刚刚过的好几遍的开场都忘了，因为她实在太好看了。好看到我蒙了，这是检验夙货的有效方式。

她好看的脸上从茫然变成不耐烦。

"你找我干吗？"

我支支吾吾半天，"你……你的签名是什么意思？"

"什么什么意思？"

"×××——love GD。"

"权志龙啊。"

"什么什么？"

"权志龙啊!"她说道,"歌手,韩国的。"

"噢噢……"

我意识到尴尬的气氛,余光从窗户瞥到教室后排正一边奸笑,一边着急看结果的直男们,真想一头扎进厕所里永远不出来……

"所以你找我到底什么事?"

"没什么……就是,对——我估计明天老师又得叫我趴黑板做题,麻烦你给提个醒。"

"切~我进去啦。"

多年以后班花告诉我,那天下午她看到我的最后一眼,我脸红得像她中午吃的红心火龙果。

我揉着头发从后门回到座位,几个傻×凑过来问我:"怎么样?怎么样?"

我说:"不是我,是权志龙。一个韩国唱歌的。"

后排一片爆出杠铃般的笑声。

我灰溜溜跑去食堂吃饭。等我吃完饭回到教室的时候,我发现这件事情就他妈这么传开了。我桌子上放着一张明星的写真明信片,右下角有写"GD——权志龙",不知道谁放过来以示讽刺。

几个傻×还在欢呼雀跃齐喊号子："GD！GD！GD！"

我往教室前排瞥了一眼，班花也扭过头来笑……

不过高考前的两三天，班花每天下课到后面来跟我讲两句话，或者干脆我俩到教室外面去。我想她是不想我太难看。

她掏出手机声音调小放两首我听不懂的歌。

"这个权志龙啊，BIGBANG啊，有的歌还挺好听哈！"

那几天我跟她站在一起总感觉夏风又清爽又汹涌，而且我一直确信，风是从她密密的睫毛里扇出来的，吹了我满面。

高考结束，扔书、撕试卷、大吼大叫、烂醉如泥，然后一阵空虚的毕业。

班花去外地读书，好在大家经常凑在假期聚会。无论我在不在场，这个"GD"的老梗每次都会被翻出来嚼一嚼。而且高中聚会就是这样，真的是每次都在笑的一个梗，但每次都笑得很开心。

有一次我喝得有点多，坐在餐桌旁的沙发上低头玩"炉石"。忽然脸上有水滴溅过来，我抬头看到刚洗了手的班花，正故意往我身上甩水。

"你在干吗？"她问我。

"歇一歇。"

桌子上的同学看我们俩又在讲话，马上老梗重提。

班花忽然坐下来跟我说："其实我是想写权志龙，可是我也忽然想到你的名字啦。我还是写了，我觉得你不会多想啊，谁知道你，哈哈哈哈。后来我又想，多想就多想呗，反正也没什么大不了的……"

我回家翻班花的 QQ 空间，竟然看到一张我们俩的合照，那天我们在外地社会实践，正好赶上我的生日。班主任很贴心地买了生日蛋糕，然后我们在社会实践暂住的一个学校里找了一间空教室，挺热闹的场景，有人在吃蛋糕，有人围着我吹蜡烛，唱生日歌。

那张我跟班花的合照是她的一张自拍，她端着一块切好的蛋糕，小巧的鼻尖上被抹了一块奶油，而她身后，同样入镜的还有我，我在被几个同学围着，低头许愿。我盯着照片上的她，笑得好灿烂，半颗虎牙露出来了，鼻尖上的奶油也很可爱，她一边自拍一边伸手指着我许愿的方向。

班花把那张照片存在 QQ 空间里，名字叫"愿望成真"。

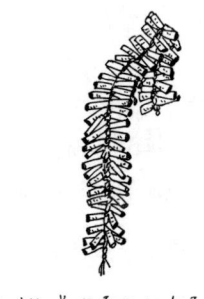

> 我知道我要失去一切了。
> 我知道命の砌堡要崩了。

▶ 亲戚

六岁那年过年，大年初几不记得了，反正都是一样特别冷的冬天，爷爷奶奶家的屋檐底下有揪不完的冰凌。

有天来了个我完全没见过，关系很远，八竿子能扫个尾的亲戚。她是个算卦的中年妇女，我奶奶揪着我让我叫她刘大婶。我一边攥着刚揪下来的冰凌，一边吸溜着鼻涕叫她刘大婶。

刘大婶摸我的头，我赶紧往里缩。我转头跟我奶奶说："奶奶我要出去玩，村口的润芝还等着我送给她用冰凌做的金箍棒呢。"

你们应该也能想象得到,在十几年前,一个算卦的婆子在农村应该是能唬住一些人的。这时候我爷爷奶奶家门口已经攒了一团抄着手、不停伸头往里面看的人,有的人嚷着让刘大婶出去给他们算算。

我奶奶赶忙把刘大婶请进屋,让她先给我算一卦。
我表现得有些拒绝,但一把被我奶奶薅进去。
刘大婶让我伸手,我一伸手,手里攥的冰凌戳了她一下。刘大婶盯着我刚放鞭炮抓土灰脏兮兮的小手,又盯着我的脸,忽然一脸严肃地对我奶奶说:
"大娘,今年不能让你小孙子出门。"

我奶奶也脸色一变,赶忙问有什么说道。
刘大婶两个眼珠子往上挑,神神道道了好一会儿,说:"今年如果你小孙子出门,会闯祸,他是不是特别喜欢玩炮仗?"

我奶奶点点头,说是的是的。
刘大婶说:"我就说嘛!就因为这个炮仗,今年你小孙子不能出门,因为他会把炮仗丢到人家的脖子里,会闯大祸!"
我奶奶一脸惊骇,说:"都怪他爷爷惯着他,给他买了一箱炮仗,我今天就给他扔沟里去。"

这对于六岁的我来说，不亚于世界末日。一个小孩在过年的时候同时失去了鞭炮与出门的自由，就好像一个着急拉屎的人，在他脱下裤子的前一秒钟，忽然没了坑也没了纸，一种末日感就这样充盈着他的大脑与菊花。眼前那个赶路赶得一脸高原红的刘大婶，就是偷了我的纸，扛走坑的小偷。

我手里的冰凌被我攥得一点点化掉，往刘大婶更加高原红的棉鞋上啪嗒滴水。我吸溜着鼻涕看着奶奶把整箱炮仗锁到卧房，刘大婶已经扬长而去了。她出门后被一群农村妇女围绕，刘大婶对着她们每个人点头，拈花微笑，准备去往每一家巡回算卦。

村口的润芝已经跑到我爷爷家门口来找我，问我在哪，问冰凌在哪，问金箍棒在哪。可我一个也回答不了她。她其实跟我是一个小学的，巧的是老家也在一个村庄，所以那年冬天我跟她玩得特别好，她的脸蛋特别香，是夏天里牛奶小布丁雪糕的香味，那个冬天里我特别想念夏天里的牛奶小布丁，所以我总喜欢跟她一起玩，往后的每个冬天我都特别想念她。

我觉得这是一种从男孩到男人的循环，但不管怎么样，刘大婶来我爷爷家的那个末日，我不只失去了坑与纸，眼看着又要失去润芝与小布丁了。

我听到润芝在门口带着哭腔叫我，我听到我奶奶回她说乔子在屋里写作业不能出去玩了。

润芝说我能进去找他吗？
我奶奶说不行，说乔子可能会把炮仗乱炸，你千万别进去了。
润芝在门口站了好久，最后被我奶奶牵着领回她家去了。

我气得有点炸，拿了我爷爷的望远镜，推开好几道门，噌噌噌窜到二楼屋顶上去了。
我爷爷是村里比较德高望重的人，二楼有个大喇叭，拴在我家的大烟筒旁，有时候我爷爷会用这个大喇叭通知全村的人，让谁谁过来商量事儿，说谁谁谁家的猪跑了有没有人见到，说门口修桥的钱还有谁没交。

我端着望远镜坐在二楼的围墙上，脚下就是几米之下的平地，我仔细观察着刘大婶从每一家的进进出出，我觉我自己是一个碉堡上的战士。

过了好久好久，我手冻得通红，脸冻得生疼，鼻涕吸溜得已经不能再吸溜，可我复仇的火焰烧得越来越旺。

终于我看到刘大婶跟我奶奶一起从村头往爷爷家的方向走，我知道这个算卦的婆子要过来吃午饭了。我赶忙噌噌噌下楼，走到厨房抄起捡蜂窝煤的炭夹，然后往卧房走，一炭夹轻松地撬开了我奶奶刚上的锁，揪了一挂鞭炮，一盒擦炮，几个二踢脚，抱着它们往二楼赶。

这个时候已经不需要望远镜了，我奶奶已经回家开始准备开饭，刘大婶又被隔壁家缠住聊了一会儿，也开始往我们家门口走。
我知道再过那么一点点的时间，她就会从坐在二楼围墙上的我的裤裆底下穿过，进我家的大门。但我已经下定决心，绝不会让她这么轻松地走过去。

她已经抄着手往我们家走了，她踩过几块黏土上的砖头，跨过几个枯树枝，经过几个野猫野狗，我在心里默数，我的坑与纸，我的润芝与小布丁。
在她快要进门的时候，忽然发现我，她扯着嗓子问我在二楼干吗。

可为时已晚，我先是用打火机点炸一挂鞭炮，就把它们挂在二楼的围墙上,每一个炸裂的炮仗都会悬在半空中,在我的裆下,在她的头顶,噼里啪啦炸开。

刘大婶在下面开始嗷嗷叫,她转身往外走。

我马上拿出那一盒擦炮,可巧的是那盒擦炮也异常地给力,擦一个着一个,我擦一个就低头往她的方向扔一个,擦一个扔一个,擦一个扔一个,我扔的时候特别用劲,就是小孩子的那种吃奶的劲儿,只瞄准她大红围巾跟红衬衣之间的那一道脖颈缝儿。

然后我实在不过瘾,就两个炮一擦,三个炮一丢。

她已经在下面开始号啕大骂。我已经听到了楼梯上的脚步声,一声一声,咚咚咚咚。我知道有人上来制止我了,我知道我免不了会承受好几天的胖揍,我知道我这回过年是真的没好日子过了,我知道我再也没法跟润芝玩了再也闻不到她牛奶小布丁香味的脸蛋了。

我知道我要失去一切了。
我知道我的碉堡要塌了。

于是我在我奶奶抓住我的前几秒,翻身跑到了我爷爷的"播音室",打开大喇叭,对着话筒"喂喂喂",爷爷家烟囱上拴着的大喇叭也在"喂喂喂"。

然后我就哈哈哈哈哈地一阵大笑,狂笑,烂笑,狠笑,鞭炮笑,炸裂笑,世界末日笑……

许多年后我读历史,读赵云在长坂坡上对着百万曹军的笑,我觉得我懂他的笑。

然后我扯着嗓子对着话筒喊,大喇叭里传来了我炸开弥漫在全村上空的声音:

"哈哈哈哈哈,刘大婶,你算得还真准!"

$NH_4HCO_3 \rightleftharpoons NH_3\uparrow + H_2O\uparrow + CO_2\uparrow$

▶ 她住长江尾

我高一的时候是化学课代表。每个礼拜二的第二节课下课和每个礼拜四的下午第一节课之前,我都会拎着一个木箱子,箱子里有各种烧杯试管,颠簸,叮叮咣咣,从二楼的一头,小心翼翼地走到二楼的另一头。

二楼有四个班级,我在最里头的一个班。中间要小心躲避疯跑的人,在走廊里拍球的人,还有一群人架起一个人往门上顶的"阿鲁巴"大部队。

我总会注意到邻班的班花，因为每次我拎着一大箱子烧杯往教室方向走的时候，她总是跟我反向而行，从我教室的方向跟我对面走来，手里拿着一个或两个水杯，是每次在我教室旁边的饮水器里打了水再离开。

她冬天会在校服里面穿一件白色的毛绒质地的小棉袄，白色的帽子甩在校服外面，脸颊白皙，显得睫毛很密很美。夏天的时候，她总喜欢卷起一只脚的裤脚，哪只脚我不记得了，穿黑色的匡威帆布鞋。

我认得出她手里的杯子，白色的是她自己的，偶尔会多拿一个粉红色的，应该是同桌或者好朋友的。我们的路线经常会撞到一起，然后，我往左侧让，她也往左侧让，我往右侧让，她也往右侧让。这个时候她总会笑着站定，然后说，你先走。我点头，小声说着谢谢。

大概持续了半学期，我们互相注意，但彼此不认识。不知道姓名，不知道喜好，不知道她的笑声和聊天的声音，不知道她放学后喜欢听什么歌，不知道她体育课选的健美操还是羽毛球。

然后我们迎来了高一的第一次秋游，去栖霞山。

那天特别累，老师一直鼓励我们说："爬到山顶啊同学们！爬到山顶可以看到长江。"

我在后面嘟囔着："卧槽，我为什么要看长江啊！每次坐校车，大桥这么堵这么堵！我特么经常盯着长江的滔滔江水，憋尿啊！一憋就是半小时，还特么看长江。"

然后我身旁有个人笑了，我转头，看到了邻班的那个女生，有点尴尬。

女生说："我坐校车的时候都听歌睡觉，或者看小说。"

我说："啊啊啊，我都是玩PSP。"

"有意思吗？"她问我。

"还行。"我说。

"哦，下次我坐你旁边看你玩儿吧？"

我一愣，忙点头，"行啊！"

那次秋游，我们俩悄悄地掉了队，我们都没有爬到栖霞山顶，傻×兮兮地以长江为背景，以拥抱为姿势，摆一个无比尴尬的笑脸，拍一张照片。事实上，我们年级的全体男性班主任，都是这么拍照的，让人以为他们集体得了前列腺炎。

不过我还是每个礼拜都会看到长江，当然憋尿的感觉不怎么强了。

我会先在礼拜五晚上偷偷熬夜把 PSP 里的新游戏打一个通关，然后第二天上午坐校车的时候，用最帅气的通关方式，玩给身旁的女孩看。

真奇怪，那时候似乎精神特别好，在车上也没觉得困。
她的确特别喜欢听歌，有的时候会把耳机分给我一个，我往往会掏一下耳朵再戴上耳机，被她发现之后我嘿嘿笑，她说我好蠢。
周杰伦，五月天，陈绮贞，她总喜欢听这些歌曲。

每次坐校车就像一次小小的旅游，穿行而过的，有很多我们从来没下车去过的各种街道，敬老院、小报亭、KFC、陌生的地铁入口、琴行、婚纱店。
有太阳的时候，她总喜欢让我把车窗帘拉起来但是留一丝缝隙，她总喜欢把照进来的一束阳光在手里把玩，像阳光真的可以触摸到一样。

雨天的时候，我们大都会戴着耳机盯着窗外发呆。
直到快要高一期末的时候，也恰巧快要到她的生日。
某次坐校车里，我问她，有没有想要什么生日礼物？
她笑着说，我化学有点差，生日礼物是你能帮我把化学变好。

身为每天的"烧杯小当家",我拍拍胸脯说,包在我身上。

喷。
男人总喜欢说"包在我身上",女人也总喜欢看男人说"包在我身上"时候的样子,那个时候他们真的以为爱情来到。
于是我也以为爱情来了,我要为她准备一份特别又特别的生日礼物。

我回家问我妈要了一百块钱,我妈问我干吗?
我撒谎说足球破了,想买一个新球。
于是我怀揣着窃喜、暗爽、闷骚,各种小男生该有的激动的情绪,跑到大众书局,买了当时最新版的《王后雄学案化学分册》《五年高考三年模拟高一化学分册》《状元笔记高一化学分册》各种分册。

然后礼拜一的早晨,我站在她们班级门口叫她,班里一阵"喔唷~"的起哄声,她低着头走出来。
我把一摞书推进她的怀里,"给!生日礼物!哈哈哈哈,肯定让你愿望成真哈哈哈哈!!!"

从那以后,每个礼拜的校车上,我又一个人望着滔滔的长江水憋尿了;从那以后,大桥也越来越堵,司机都在骂着,乘客也都在骂着,

滚滚长江东逝水,
她住长江尾。

我不骂,也不吭声,但有好几次我想直接冲下去,站在桥边哗啦哗啦撒尿。

还好我抑制住了冲动,大学后换成隧道,公交车轰隆轰隆地驶进去,再轰隆轰隆地开出来,耳膜很难受,而且一定要闭上眼睛,不然隧道里的灯和黑暗,会闪得人眼睛很难受。

滚滚长江东逝水,她住长江尾。

熊孩子

过年那会儿,有天晚上我爸的一个朋友携家带口来我们家吃饭做客。爸爸朋友的儿子八岁,二年级。Perfect,熊孩子的正当年。先是在我家的楼上楼下,每个房间疯跑。我被强留在客厅陪他爹妈聊天,忽然听到身后楼梯"咕噜咕噜"有东西滑下来。

我一看,我的初代高达模型,的,头……

然后熊孩子咚咚咚从楼上跑下来了,手里攥着我的模型。当着我的面,一把薅下左胳膊,往外甩了出去。

很棒。

我是在夸我自己,"薅"这个字,我用得无比合适又形象。

然后他家大人就在沙发上指着他笑,"哈哈哈,你看他皮的!在自己家也喜欢这样玩,这些变形金刚都被他拆散了。哈哈哈。"
变形金刚?!
妈的,智障……

我问:"欸,你拔头摘胳膊干吗?"
熊孩子一脸的理直气壮,"我喜欢这么玩啊!"说完又把整个模型摔出去。
然后我的脑神经就兴奋了起来,我已经构思出一场盛大的初代高达的葬礼。我笑眯眯地从地上捡起高达的头和胳膊,然后摸摸小孩儿的头,说:"你喜欢这些东西吗?"

熊孩子点点头。
他妈妈在旁边嗷嗷叫:"他可喜欢了!就爱玩儿这些东西。他们老师说这孩子以后很有创造力。"
呵呵。

然后我继续笑眯眯地跟熊孩子说："哥哥橱子里还有很多模型，你去跟我挑一个，我送给你，好不好？"
他妈妈忙说："快去啊！快谢谢哥哥。"

于是熊孩子就跟我上楼，进了我的房间。一进房间，我"啪"的一下关了门，扑通一声跪在地上。动作连贯到让熊孩子晕菜。
熊孩子问："你怎么跪下了？"

我从他手中把高达拿过来，摆在桌子上，开始给高达磕头。
一边磕头一边嘴里念念有词，"求求你原谅我。求求你原谅他。求求你不要吃我。求求你不要吃他。"

熊孩子八岁，对一些事物也有自我辨识的能力。接下来的盛大反击，他相信与否，就看你们的演技了。
一定要浮夸！一定要浮夸！头一定要磕！嘴里一定要念念有词。
熊孩子绷不住了，刚张嘴要问，我一把捂住他的嘴，"嘘………不要被他听到。"

"你不知道你玩儿的这个模型，是我在医院旁边捡的。医院里有个地方叫太平间你知道不？就是死人待的地方，这个模型以前就被放在那里。"

熊孩子继续蒙。

我继续说:"那个地方有一具死人尸体,人家把放尸体的盒子一打开,里面只有一个模型,就是你刚才卸脑袋卸胳膊的那个模型。有一天我从医院旁边经过,这个模型被一个大黑狗叼出来,大黑狗一出门就被大卡车给撞死了,一地黑血啊!然后模型一下子就甩到我手里,我没办法只能把他带到家里养着他。只要我一想着丢掉他,晚上就会梦到被那只大黑狗咬来咬去,脖子上还会有被咬的疤痕。你看你看。"

熊孩子的脸已经开始煞白了,他快要接近呆滞状。
于是我偷偷掏出手机,接通房间的蓝牙音箱,手机上搜了一下"咒怨-音效",找到一个 MP3 格式的,开始播放,果然就是那种让人听起来就汗毛竖成美国大兵的音乐。

于是我接着进行"洗脑","这个模型,每天晚上都会长头发,就在你刚才拔掉的模型的头顶。他好像很喜欢长头发,每天早上我起来的第一件事就是给他把前一天夜里长的头发给剪了。然后用打火机烧了,才可以。现在他的头被你拔了,我不知道今晚他还能不能长头发。我只能把他喊出来问一问,会不会怪你,会不会吃了你。"

我就把这个模型拿到镜子跟前，让他对着镜子，给他梳头发，"前三下，后四下。才能把他喊出来，我都不知道我今晚会不会被他吃掉。"
我看到熊孩子开始发抖了。
我也跟着发抖，一定要抖得比他大，比他更害怕。

再接着磕头，接着念念有词。
伴随着橱子顶上蓝牙音箱里发出来的鬼片音效，磕头，说话，说话，磕头。
然后偶尔用余光看一眼瘫坐在你身旁小脸儿煞白的熊孩子，现在你只要做一件事就可以了。

压抑住自己内心的喜悦！！！
压抑住自己内心的喜悦！！！
压抑住自己内心的喜悦！！！
重要的事情说三遍，因为这个真的很难办到，我差一点就憋不住了。

熊孩子看着我，我知道他马上就要哭了。
"千万别哭！！我求你千万别哭！你不知道，以前这个模型在太平间的时候，最烦出生的婴儿了，因为他死了所以最烦出生的人。他只要一听到小孩的哭声，晚上一定会用自己长长的头发，把他的脖子给吊起来的，就吊在天花板上。"

熊孩子狠狠地打了个嗝，憋了回去。
"你还想玩这个模型吗？你要是想玩，我就给你，我橱子里还有很多。"
我知道现在这个时候，每一个在橱子里扛枪拿锤的高达，在熊孩子的眼里已经是对他龇牙咧嘴的修罗了。

"你喜欢的话就拿走吧，我答应你妈妈的。但要记住，每天早上给他们剪头发啊。晚上如果起床尿尿，千万不要看他们，否则他们会用头发缠住你的脖子。还有，一定要小心路上的大黑狗。"

熊孩子已经开始啜泣了。
"不要了，呜呜呜不要了，呜呜呜。"
他也像模像样地对着刚才被他"分尸"的高达磕了几个头，"对不起，呜呜呜，对不起。"
然后他看着我，"我想出去。呜呜呜。"
我说："嗯嗯，可以了。这件事情不要告诉任何人哦。去吧，玩去吧，小可爱。"

临危不乱

高二有段时间，我一直不想课间跑操。

这是我们学校的传统，第二节课下课铃一打，连数学老师的大题目都得让道。全体师生拥挤在狭窄弯曲的楼道里，你推我赶，一路欢腾打闹跑到操场撒欢，然后在教导主任黑墨镜的注视下，围绕操场跑道来个四圈。

队伍分成两批，交叉开来，其间我有两次与隔壁班班花对面跑过的机会，她家跟我家离得很近，属于彼此知道对方，但也不认识的状态。

这曾经是我跑操的乐趣,与她们班面对面跑过的时候,如果我在跟同学嬉闹,嬉闹的声音会更大一些;如果我在开某个人的玩笑,玩笑会开得更绕更有趣些;如果我那天心情不好或者故作忧郁,跑过去的时候也会深沉一些。

可之后没多久,隔壁班班花被选进什么学生检查小组,不再跑操了。取而代之的是,每天站在操场的大看台上,以酷似北野武的教导主任为对称中心,左右两边咔咔排了十几个人,每个人盯一个班,看哪个班里的谁没有认真跑步,谁在嬉戏打闹,谁故意踩掉前面同学的鞋子。

所以从那之后我就不愿意再跑操了,负责盯我们班的那什么检查小组成员,是校足球队里一个跟我极为不和的球员,每天他总会在本子上记下,"×××,跑步讲话/排队不齐/故意拖沓/故意踩掉前面同学的鞋子/拽前面女生的辫子……"虽然我都有干过。

于是我琢磨了个方法,每天照样跟着大部队往楼下呼呼啦啦地赶,可下到一楼之后,马上往厕所里一拐,扯了裤带就开始蹲坑,竖着耳朵听操场上的声音,当浑厚雄壮的跑操音乐响起来的时候,我便提裤子再上楼去,用校服蒙着头睡大觉。

这样真的很舒服，心里也很爽。好像每天都多了二十分钟的睡觉时间，而且这是别人都在呼哧呼哧跑步的二十分钟。

但我是个嘴挺不严的人，而且喜欢嘲笑跟讥讽别人。
有人说："啊啊啊，跑操好累。"
我就回他："躲在教室睡觉啊！傻×！"
有人说："啊啊啊，跑四圈好久。"
我还回他："躲在教室睡觉啊！傻×！"

于是渐渐地，躲在教室里睡觉的人越来越多。几个女生围在一团讨论棒子，后排的男生聚在一起看篮球杂志，就连前排的学霸也逃掉跑操坐在位子上做题；有天跑操的时候我去教室外面溜达，才发现我第一个进行的这个陋习已经波及其他班甚至整个楼层了。

当时就隐隐地感觉事情好像有点不妙。
果然没过几天，某天同样的第二节下课，教学楼里静悄悄，可随着远处操场浑厚的音乐声一响起，不知道潜藏在哪些厕所里的人，都像僵尸一样，晃晃悠悠地出来了，打水喝的打水喝，聊天的聊天，睡觉的睡觉，还有在走廊里拍球踢球的，俨然一副下课的派头。

于是那天跑操开始不久，教学楼里一派祥和的气氛被一声杀猪似的惨叫打破了，"主任来检查了！"

僵尸们开始抱头鼠窜，厕所，教室课桌底，后门门后头，楼梯口，打水间……

我们班的一帮人也是嗷嗷叫着"怎么办怎么办""惨了惨了""这下完了"，一边往桌子底下钻。

但教导主任是什么人，我感觉每个学校的教导主任都是神一般的存在，而且我们的主任也戴着黑色眼镜，真的真的酷似北野武。于是藏在桌子底下的人都被他用鞋尖头给捅了出来；躲在门后的人，都被他不停大力地扇门，给夹了出来；藏在打水间的人也被他拎着耳朵揪出来。

北野武就一个班一个班地走，他背后被俘虏的僵尸们渐渐排成一条长队，就快走到走廊最尽头的我们班，我们从窗户里都看到了他扫荡的盛况，大家都说这下完了。

不过我忽然灵机一动，快速走出教室，走到教室旁边的历史办公室。正在改练习册的历史老师一脸纳闷地看着我，我直接从办公室门口的一大堆练习册里，拿了一本随便翻开某一页，指着上面的某个题，乖乖地站在历史老师面前。

"老师，关于这道题，我还是有些不清楚，您能不能跟我讲一讲？"
时间刚刚好。
我一边冒着冷汗，一边竖着耳朵听窗外，听全校最独一无二的只属于北野武的脚步声，渐渐来临。

当他扫荡完所有的人，站在历史办公室门口的那一刻，我正开口说着最后一句："您能不能跟我讲一讲？"
北野武站在办公室外面，叉着腰，透过黑色眼镜盯着我，"×××，你不去跑步，在这干吗呢？"

我在心里告诉自己不要慌，要淡定，要从容，要乖巧，"噢，主任，我问历史老师题目呢，练习册上有一道题目我一直不太懂。"
北野武又站定了一会儿，愤愤地走开了。

历史老师还没从蒙圈的状态中走出来，直到北野武走了，我重新盯着他，他才磨磨唧唧地说："乔同学，你练习册拿倒了。我不知道你具体问的是哪道题。"
我嘿嘿笑着走出来，一边走一边给老师敬礼。感觉胸口即使没有红领巾，也变得鲜艳无比。

刚出来办公室门口，有人说："站住。"
声音很脆很好听很熟悉很陌生，我回头看到是隔壁班班花，脖子上挂着学生检查小组的红牌子，比我的想象中的红领巾还要鲜艳。

"我知道了，你就是在装。"
"装什么？"
"装问问题啊！你就是不想跑操！"
"对啊！我就是不想跑啊！"
"干吗不想？以前整天看到你跑。"
"因为最近都见不到你了啊！"
"……"
"嘿嘿嘿。"
"那你也来参加检查小组，咱俩一块儿检查。"

说完，她掏出一个红牌牌给我，我仿佛看到北野武在微笑。
接下来，教导主任北野武忽然又杀了个回马枪，正好看到我站在办公室门口，正接过隔壁班花递过来的检查员小红牌。
北野武又厉声问道："你们俩，干吗呢？"

这回换我蒙圈了，我实在没有这个回马枪的对策。

然而班花确实镇定自若，一脸见惯大世面的神情，从我手里拿回小红牌，脸上不知怎么就泛起一道教科书里标准的少先队员的高原红，认真地回答道："主任，是这样的。我刚检查到×××他没跑操，他就拿出来这个牌子假冒检查人员，被我看出来了。正好把这个牌子再还给主任吧，不知道他从哪弄来的。"

北野武简直怒到爆炸，劈头盖脸骂我一顿之后，指着我对班花说："以后，每天你就盯着他一个人跑操，他只要迟来一会儿你就告诉我，我罚他再跑四圈。给我好好盯着他，记住了。"
"嗯嗯，好的主任。"
这是个爱情故事，你看出来了吗？
―――――――
我们教导主任真的跟北野武长得一模一样。

就是这样。

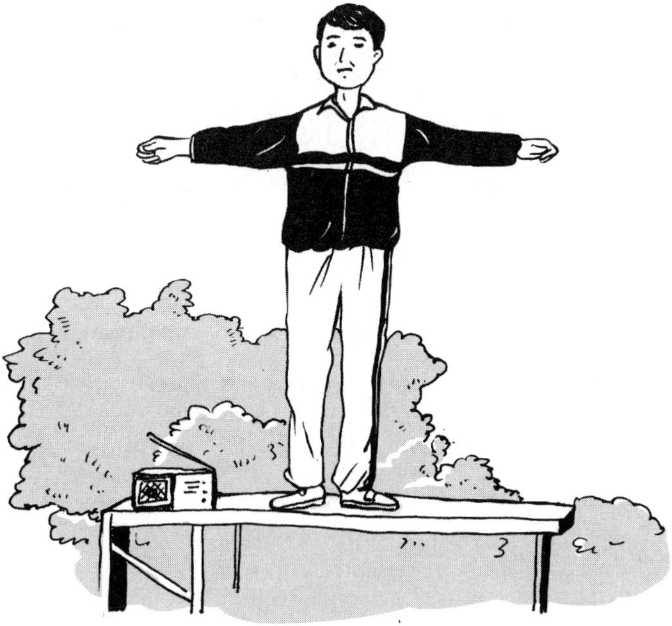

给满上

小时候有一年过年,全家人聚在一起吃团圆饭。

酒过三巡菜过五味之后,大家各自进入状态。当时作为家里下一代唯一的男孩,每年的这种时候,我都会抱着一个大酒瓶围着饭桌满场跑,跑得脱掉大衣摘掉围巾褪掉小棉袄,给喝酒的大人敬酒,吃大人们桌前一点没动的下酒菜。

那年过年我敬酒的时候,挨着坐的大伯和二伯不知道为什么已经开始斗酒了。二伯叫我说:"乔子,快过来给你大伯倒酒,我要敬他一杯,然后也给我少倒点。"

大伯赶忙捂着杯子,"乔子先给你二伯倒上,他这两年酒量可是疯长啊。"

我抱着半瓶酒不知道从谁的杯子开始下手。

二伯醉醺醺地开始掏口袋,"啪"地拍了一张红色的毛爷爷在桌子上,"二伯再给你多点压岁钱!给你大伯满上!"

我两眼冒光,心里想着这下可以买魔鬼司令那个四驱车了,赶忙捧着酒瓶就往大伯的杯子前去。

大伯眼疾手快,把自己的酒杯撤走了,"啪"的一下也拍了一张毛爷爷,"怎么地,大伯没钱啊?!乔子给我往你二伯杯子里倒!拿去买糖吃!"

我有点愣,除了四驱车之外,雷速登也可以买了。

"还跟我杠上了?大哥你现在说话都很带范儿是吧?你整天在外面跑业务哪有我们当老师的了解小孩,现在的小孩谁还买糖吃?"说话间二伯又抽出一张毛爷爷,还是那令人心动的"啪"的一声,"乔子!拿去买练习册!一口气买到六年级!"

我……

我想到了发小儿的生日,和她喜欢的芭比,我要送给她,我要她的橡皮只借给我一个人用。

我的酒瓶跟我一样又开始犹豫了。

大伯开始满嘴酒气地喊:"弟妹!弟妹!你今年怎么这么大方,给他这大几百的零花钱让他乱霍霍,快要回去!"大伯冲着隔壁桌的二妈嚷道。

这话一下子戳到了二伯,"大哥我跟你不一样,我在家里是管事管钱的。"说完又"啪"地甩了一百在桌子上,"我说给我侄儿多少压岁钱就给多少压岁钱!乔子别怕!都拿着都拿着!想买啥买啥!"

已经四百块钱被拍到桌子上了,这对一个十岁不到的小孩来说,我有点蒙,我所能想到的这笔巨款的花头已经用完了,魔鬼司令,雷速登,芭比娃娃。然而小孩花钱是很单调的,我脑子里已经开始盘算第二架四驱车,先驱音速也不错。

这时"啪"又有一声诱人的巨响打破了我的沉思,"谁说我在家不管钱啊?乔子你接着拿!大伯给的!别怕!给你们班女老师女班长都送送礼!给漂亮小闺女也送送礼!"

还是大伯了解我。

我觉得大伯好帅,虽然胡子满下巴,可我还是觉得他帅,帅到每一粒胡楂与另外一粒胡楂之间的距离,都恰到好处。

"啪",又是一声。"大哥你就别跟我争了!酒杯拿来!这是两百!到此为止!乔子,倒酒!"二伯又拍了两百在酒桌上,我忽然觉得我的二伯,已经不能用帅来形容了,他醉醺醺的脸我好想亲一口啊吼吼吼吼。

我压抑住自己的激动和即将阵亡的心情,把酒瓶压在那大几百块钱上,开始双手伸过去要接大伯的酒杯。
"这样吧!"大伯"啪"也拍了两百,"一样,咱俩都满上!"
"好好好,都满上都满上。"

窗外不时有爆竹声,家里的暖气把一家人都烘得脸通红,那时候我忽然好想把所有的衣服都脱掉,所有的所有的衣服。
我觉得就连内裤在我身上都是个累赘,穿一条内裤都会使我伸手去拿那一千多块钱的速度,慢了零点零零好几秒——这样不行。
两个帅伯伯好像心满意足了,看着我把他们各自的酒杯都倒满。

然而这时候耳边传来了奶奶的真相话:"本来不就是都倒满吗?还那么费劲。"

我赶忙把钱迅速抽走,往房间里钻。
一张一张地数着我的钱,然后我脑子一热,就一个一个纸飞机地叠,不是纸飞机是钱飞机。这是我到目前为止这辈子最大的奢侈。
飞机的机翼上有我的四驱车,有我的雷速登,有我发小的芭比娃娃还有她粉嫩嫩的小脸,还有她香香的手和橡皮,和坐后面的男同学嫉妒的眼神。
我好希望早点开学早点见到那些男同学的眼神,我是这个世界上最幸福的人。

等我再从房间里出来之后,大伯二伯已经各自被大妈二妈揪着耳朵了。
我妈说快把钱还给你伯伯们,他们喝多了!
大妈二妈赶忙摆手,"别别别,这是他俩给乔子的,都是自己家孩子一样。我们从他们下个月的零花钱里扣就行了,让他们自己长长记性。"

我忽然觉得大妈二妈异常美丽。

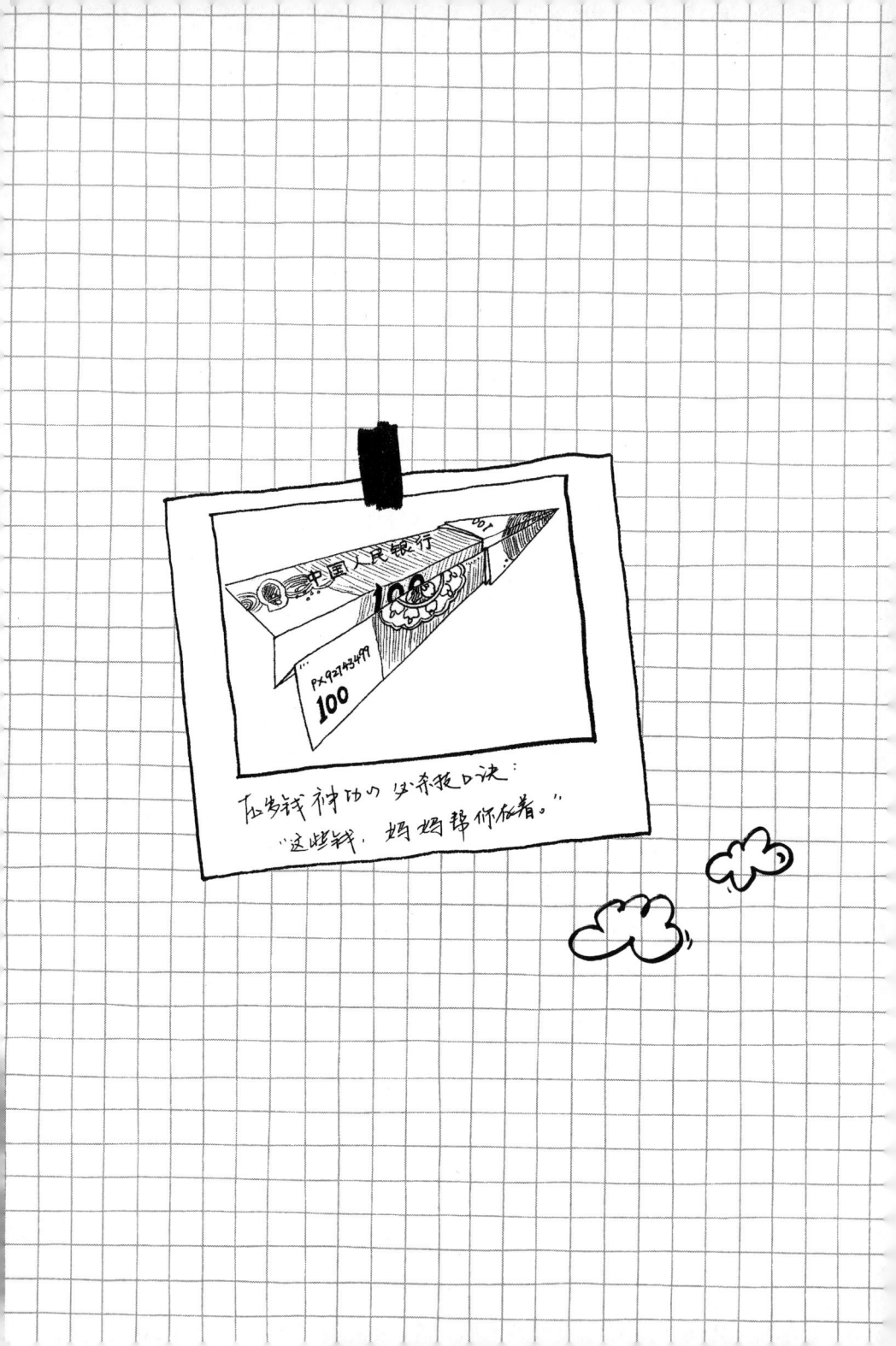

压岁钱神功⑩ 丛奔救口诀：
"这些钱，妈妈帮你收着。"

我怎么就有这么帅气美丽的一家人呢？我坐在小板凳上一边吃QQ糖一边盯着天花板上的吊灯陷入沉思。我们家的吊灯好像发小儿家的吊灯，我去她家写过一次作业，她咬着纯牛奶吸管做算术题。

不知道你们小时候有没有经历过压岁钱的天敌，压岁钱的最大杀手——

那就是大年初三之后，家人亲戚陆续聚完之后的某天早晨，你睡得正香，梦里一排又一排的四驱车正围着你环绕，一会儿拼成一个"乔"字，一会儿拼成一个"帅"字的时候，你忽然感觉到枕头下面有一双温暖的香香的手伸了进去，你觉得你的世界马上要崩塌了，梦里的四驱车一个一个跟新年的炮仗一样炸开，发小儿在一旁哭，芭比娃娃没了裙子光着腿，然后你从梦中惊醒，妈妈温柔地满面笑容地对你说了那句破你的压岁钱神功的必杀技口诀：

"这些钱，妈妈帮你存着。"